BIRGIT JASMUND

# Krabbenfang

Eine Liebesgeschichte

*Bücherstübchen*

rütten & loening

MIX
Papier aus verantwortungsvollen Quellen
FSC® C083411

ISBN 978-3-352-00882-5

Rütten & Loening ist eine Marke der Aufbau Verlag GmbH & Co. KG

1. Auflage 2014

Einbandgestaltung Büro Süd, München
gesetzt durch Greiner & Reichel, Köln
Druck und Binden CPI – Clausen & Bosse, Leck
Printed in Germany

www.aufbau-verlag.de

# Kapitel 1

Sinje betrachtete ihre Tochter Inede. Das Mädchen stand am Bug der Fähre ›Uhtlande‹, die auf dem Weg von Dagebüll nach Wyk auf Föhr war. Die Deern ist groß geworden und besteht nur aus Beinen, dachte sie. Einen Monat hatte sie das Mädchen nicht gesehen. Nach einem halben Jahr Klasse 5 des Wyker Gymnasiums war Inede vorzeitig in die nächste Klasse versetzt worden. Dort schrieb sie eine Eins nach der anderen, und der Klassenlehrer war auf die Idee gekommen, sie könne hochbegabt sein. Zahlreiche Tests hatten seine Vermutung bestätigt. Weil das Wyker Gymnasium keine Fördermöglichkeiten für hochbegabte Schüler besaß, wechselte Inede auf ein Husumer Gymnasium und besuchte dort ein auf ihre Begabung abgestimmtes Förderprogramm. Sie wohnte bei ihrer Patentante. Für Sinje waren das turbulente eineinhalb Jahre gewesen, an deren Ende sie ihre Tochter schweren Herzens hatte hergeben müssen. Sie selbst war Föhrs einzige Krabbenfischerin und einer Familientradition verpflichtet. Den Beruf von Husum aus auszuüben – undenkbar.

Zum Glück hatten die Sommerferien begonnen, und sie hieß ihre Tochter für sechs Wochen auf Föhr willkommen, statt sie nur jedes zweite Wochenende zu Hause zu haben. Sinje hatte es sich auch nicht nehmen lassen, sie in Husum abzuholen, obwohl Inede mit ihren fünfzehn Jahren durchaus in der Lage war, selbständig mit dem Zug bis nach Dagebüll zu fahren und mit der Fähre überzusetzen.

Als sie sich umschaute, bemerkte sie mehr als einen Jungen, der seine Blicke nicht von ihrer Tochter lassen konnte. Das machte sie stolz, andererseits auch besorgt. Inede war doch noch viel zu jung für Jungsgeschichten. Oder nicht? Hatte sie am Ende gar einen Freund in Husum und war wegen ihm im letzten Monat nicht nach Hause gekommen, um noch möglichst viel Zeit mit ihm zu verbringen, bevor sie sich für sechs Wochen trennten? Sie musste der Deern auf den Zahn fühlen. Am besten noch auf der Fähre, da konnte Inede keine Verabredung mit einer Freundin vorschieben und ihr auf dem Fahrrad entwischen.

Bevor sie ihr Vorhaben in die Tat umsetzte, fegte eine frische Brise über das Deck und wirbelte Inedes lang den Rücken herabfallendes Haar durcheinander. Sie strich es wieder nach hinten, zog aus der Tasche ihrer Jeans ein Haarband und band sich einen Pferdeschwanz. Danach drehte sie sich lachend um und hob die Arme, als wollte sie die Welt umarmen – oder ihre Mutter.

»Hier riecht die Luft anders, sogar der Wind weht

anders. Ich bin so froh, nach Hause zu kommen, bei dir zu sein, Mum.«

»Ich bin auch froh, meine kleine Große wieder bei mir zu haben.« Inede war doch noch ein Kind, mit Jungen hatte sie nichts im Sinn, und Sinje war froh, nichts gesagt zu haben.

»Für die Ferien habe ich mir ein Projekt vorgenommen. Deswegen ist es auch gut, endlich nach Hause zu kommen.«

»Was denn für ein Projekt?«

»Das ist ein Geheimnis.«

»Willst du am Ende noch mehr lernen, du hast doch schon überall eine Eins.«

»Geheimnis. Geheimnis.« Inede lachte, und ihre Augen blitzten.

Sinje zuckte innerlich zusammen. Gerade hatte sie gedacht, die Deern wäre noch zu jung, um ... Als erster Gedanke zu einem möglichen Projekt schoss ihr jedoch durch den Kopf, dass ihre Deern in den Sommerferien ihre Jungfräulichkeit verlieren wollte. Das durfte nicht sein, konnte nicht sein. Nicht Inede. Sie musterte ihre Tochter und las in deren Miene nichts als Vorfreude auf einen schönen Sommer.

Sinje räusperte sich. »Sie sollten euch nicht auch noch Projekte für die Ferien aufgeben. Die Zeit ist ganz für euch und nicht für die Schule.«

»Damit hat es gar nichts zu tun.« Inede verdrehte die Augen.

»Was ist es dann?«

»Ein Geheimnis. Und es bleibt so lange eins, bis es an der Zeit ist, dass du davon erfährst. Und nein, ich habe mir nicht vorgenommen, Erfahrungen mit Jungen zu machen. Einen Freund habe ich in Husum auch nicht.«

»Wie kommst du darauf?« Sinje fühlte sich ertappt. *Brachten sie den Kindern in diesem Hochbegabtenprogramm Gedankenlesen bei?*

»Das hast du doch gedacht. Ich kenne meine Mutter seit meiner Geburt.«

Mit einer so klugen Tochter hatte man es nicht immer einfach. Sinje seufzte unhörbar. Inede schaute sich derweil auf dem Deck um und musterte die anderen Passagiere.

»Wonach siehst du dich um?«

»Nur so. Schau mal da hinten, Mum.« Sie deutete auf einen Mann, der allein auf einer der Bänke saß und einen Reiseführer studierte.

»Da bereitet sich einer besonders gut auf seinen Urlaub vor.«

»Guck doch mal genau hin.«

Was wollte die Deern bloß? Sinje war ratlos. »Kennst du den Mann? Ist das ein Lehrer an deiner Schule?«

»Auf keinen Fall. Das wären ja schöne Ferien mit einem Pauker vor der Nase. Schau ihn dir an.«

»Warum?«

»Ist er nicht ... Findest du nicht, dass er ganz interessant ist – also dass es sich lohnen könnte, ihn näher kennenzulernen.«

»Inede. Deern, wie kommst du denn auf so was?«

»Na ja, du bist doch nicht nur meine Mum, sondern auch eine Frau. Also, ich meine ... also, wenn ich ein Mann wäre, ich würde mir alle zehn Finger nach dir lecken.«

Was waren denn das für Gedanken? »Schätzchen, falls du dir in den Kopf gesetzt hast, mich unter die Haube zu bringen, gib dir keine Mühe. Ich bin nicht interessiert.«

»Mama.« So nannte Inede sie nur, wenn es ihr wirklich wichtig war. Sie schmiegte sich an ihre Mutter und schlang einen Arm um ihre Taille. »Papa ist seit vier Jahren tot. Du kannst doch nicht dein Leben lang allein bleiben. Das will ich nicht. Ich bin nicht da, und du bist ganz alleine in dem Haus.«

»Hör auf.« Sie wollte das nicht hören. Kein Mann konnte ihr Arfst ersetzen, den sie vom ersten bis zum letzten Augenblick geliebt hatte, den sie immer noch liebte.

»Du sollst doch nur schauen und nicht gleich heiraten, Mama. Von sieben Abenden verbringst du fünf allein und die beiden anderen mit Tante Keike. Das ist kein Leben für eine moderne, unabhängige Frau.«

»Was weißt du schon davon.«

»Wir haben darüber was in der Schule gehört.«

»Der Lehrplan muss sich seit meiner Zeit verändert haben. Ich will kein Wort mehr von dieser Sache hören, wir legen gleich an.«

Normalerweise ließ sich Inede nicht von einem Thema abbringen, sie musste den Dingen immer genau auf den Grund gehen. Sinje schob das auf die Hochbegabung, und sie hieß es gut, solange sie nicht das Ziel war. Sie riskierte dennoch einen Blick auf den Mann. Er saß immer noch allein auf seiner Bank und las. Außer einem gebeugten Kopf und braunem Wuschelhaar war kaum etwas von ihm zu sehen. Es schien, als spürte er, dass er beobachtet wurde, denn er schlug den Reiseführer zu und schaute sich um. Einen Moment kreuzten sich ihre Blicke. Er hatte dunkle Augen und ein markantes Kinn, eine Haarsträhne fiel ihm in die Stirn. Einen interessanten Mann hatte ihre Tochter ausgesucht, musste Sinje sich widerwillig eingestehen. Schnell schaute sie woandershin. Inede stand in einer Schlange am Niedergang zum Autodeck und hatte von dem kleinen Manöver nichts mitbekommen.

Die Fähre hatte im Hafen von Wyk angelegt, die Heckklappe war geöffnet, und die ersten Autos verließen das Schiff. Sinje startete den Volvo, und mit einem tief aus den Eingeweiden kommenden Blubbern erwachte der betagte Motor zum Leben. Sie rollten auf den Ausgang der Fähre zu. Dicht hinter ihnen fuhr ein anderer Wagen. Im Rückspiegel erkannte Sinje die niedrige Silhouette eines Sportwagens – Mercedes wahrscheinlich. Er fuhr so nah auf, sie sah weder seine Stoßstange noch die Scheinwerfer. Ihre Handflächen wurden feucht, es machte sie nervös, wenn ein anderes Fahrzeug so dicht auffuhr. Sie wollte Gas geben und fliehen, vor ihr fuhr jedoch auch jemand.

Endlich erreichten sie die Ausfahrt. Der Wagen vor ihr gab Gas, und auch Sinje wollte beschleunigen, den Hafen verlassen und sich mit ihrer Tochter auf den Weg nach Nieblum machen. Schnell warf sie noch einen Blick nach rechts zum Fischereihafen, wo die »Tru Deern« lag, ihr Krabbenkutter. Arfsts ganzer Stolz und ihrer auch.

»Mama!«

Inedes Stimme riss sie aus ihren Gedanken. Sie ruckte das Steuer herum und trat auf die Bremse. Der Volvo bockte, der Motor erstarb. Quer vor ihrer Stoßstange stand der Mercedes-Sportwagen, der auf der Fähre hinter ihr gewesen war. Sinje umklammerte mit schweißfeuchten Händen das Lenkrad, sie fühlte sich flau und spürte, wie ihr das Blut in den Kopf gestiegen war.

Die Fahrertür wurde einen Spalt geöffnet, weiter ging sie nicht auf, denn der Volvo stand im Weg. Durch die Lücke zwängte sich ein Mann mit braunem Wuschelhaar und einem markanten Kinn. Er schaute wütend durch die Beifahrerseite in den Volvo. Es war der Mann, der auf der Fähre alleine auf einer Bank gesessen und in einem Reiseführer gelesen hatte. Er sah aus, als würde er am liebsten in den Wagen greifen, jemandem am Hals packen, herausziehen und schütteln.

Kein Wort der Entschuldigung kam über seine Lippen, er fragte nicht, ob mit ihnen alles in Ordnung sei. Er ging um seinen Mercedes herum, strich über den linken Kotflügel und beugte sich vor, um den Lack genau in Augenschein zu nehmen.

»Weiber sollte man nicht ans Steuer lassen«, murmelte er dabei so deutlich, dass er im Volvo ohne weiteres zu verstehen war. Als er sich wieder aufrichtete, schaute er kurz in den Wagen. »Gemeingefährlich.«

Der Mann zwängte sich in seinen Sportwagen, setzte eine Wagenlänge zurück und fuhr mit quietschenden Reifen und aufheulendem Motor davon. Der Mercedes besaß ein Hamburger Kennzeichen.

Sinje war einen Moment lang zu keinen Gedanken

fähig, selbst ihrer Tochter hatte es die Sprache verschlagen.

»Idiot! Großstädter«, sagte Sinje und schüttelte den Kopf. Ihre unterdrückte Wut ließ sie zu viel Gas geben, und der Wagen machte beim Anfahren einen Satz nach vorne.

Inede stützte sich am Armaturenbrett ab.

»Du sagst am besten nichts, schließlich hast du mir dieses Prachtexemplar der Schöpfung antun wollen. Untersteh dich, mir den Rest der Ferien irgendwelche Männer auszusuchen. Wohin das führt, haben wir ja eben gesehen.«

Sie raste davon – erstaunlich, wie rasant der alte Volvo sein konnte – und nahm die Kurve am Ende des Hafens viel zu schnell.

»Du darfst nicht alle Männer über einen Kamm scheren. Er sah gut aus, das musst du zugeben«, erwiderte Inede, aber ihrem Tonfall war anzuhören, dass sie die Sache noch nicht aufgegeben hatte.

Sogleich tat sie Sinje leid. »Nimm dir das bloß nicht zu Herzen, Schätzchen. Gutes Aussehen allein nützt nichts, wenn der Charakter nichts taugt.«

»Weiß ich doch längst.«

Das kleine Kapitänshaus, das Sinje seit dem Tod ihres Mannes mit ihrer Tochter allein bewohnte, stand am Rand von Nieblum. Übermannshohe Stockrosen flankierten den Eingang, üppig blühende Wildrosenhecken ersetzten einen Zaun, an einer Hausecke wucherte ein Geißblatt, die Blüten würden später am Abend ihren Duft verströmen.

Sinje fuhr den Volvo in die Remise. Ursprünglich war es einmal ein Stall gewesen, für ein Schwein, ein paar Hühner, eine Kuh. Während ihre Männer zur See fuhren, kümmerten sich die Frauen der Kapitäne um das Haus und betrieben eine kleine Landwirtschaft. Bereits Arfsts Eltern hatten das Schwein in den sechziger Jahren abgeschafft und den Stall zur Garage umgebaut. Hühner hielt erst Sinje wieder, drei pickten und gackerten in einem abgetrennten Teil des Gartens. Sie kamen sofort angerannt, als Sinje sich ihnen näherte und drei Eier einsammelte, während Inede ihren schweren Koffer in ihr Zimmer unterm Dach schleppte. Sie hatte sich dabei nicht helfen lassen wollen.

Das Haus besaß eine große Diele mit einem Kaminofen, und im Winter spielte sich das Leben meistens hier ab. Außerdem noch drei Zimmer, Küche, Bad und Inedes Reich im ausgebauten Dachboden, bestehend aus Kinderzimmer, begehbarem Kleiderschrank und einem eigenen Bad. Arfst hatte seinerzeit mit dem Ausbau begonnen, wollte alles selbst machen und war nicht mehr fertig geworden. Es war Sinje finanziell nicht leichtgefallen, die Arbeiten fertigstellen zu lassen, aber ihre Tochter hatte den Vater verloren, da sollte sie nicht auch noch auf das versprochene Zimmer verzichten müssen. Deshalb hatte jeder im Haus seinen eigenen Bereich.

Lange blieben sie allerdings nicht zu Hause, nur gerade eben, um sich umzuziehen und sich frisch zu machen, denn sie waren bei Sinjes jüngerer Schwester Keike zum Kaffee eingeladen. Die wollte Inede auf der Insel willkommen heißen und verwöhnen.

Keike wohnte mit ihrem Mann am anderen Ende von Nieblum. Sie und Bendix betrieben Landwirtschaft – Kühe und Schafe, ein bisschen Maisanbau – und vermieteten zwei Ferienwohnungen und drei Fremdenzimmer an Gäste. Sie hatten keine eigenen Kinder – noch nicht –, und bis es so weit war, überschüttete Keike ihre Nichte mit ihrer ganzen Aufmerksamkeit und Liebe.

Im Gegensatz zu der schlanken Sinje war die Jüngere ein wenig füllig, mit einem üppigen Busen, an den sie ihre Nichte zog und gar nicht wieder loslassen wollte. Inede ließ sich die Umarmung gerne gefallen, aber bevor ihr ein dicker Kuss auf die Wange geschmatzt wurde, entschlüpfte sie ihrer Tante.

»Ich freue mich auch, dich zu sehen.« Das Mädchen lachte verlegen. Sie liebte ihre Tante, aber als Teenager wollte sie cool sein, und dazu passten keine heftigen Liebesbekundungen.

»Hast du wieder lauter Einsen auf dem Zeugnis?«

»Nicht nur. Zwei Zweien.« Inede hob zwei Finger und grinste schelmisch.

»Brav. Zu viel lernen ist nicht gut.«

»In Sport und Ethik.«

Keike drohte ihrer Nichte scherzhaft mit dem Finger. »Jetzt lassen wir aber die Schule, es gibt Erdbeerkuchen mit Sahne.«

Keikes Torten waren in Nieblum, eigentlich auf ganz Föhr legendär, es gab kaum eine Feier, bei der sie nicht gebeten wurde, etwas beizusteuern. Sie buk auch nie nur einen Kuchen, und deshalb stand neben der dick mit Sahne und Mandeln verzierten Erdbeertorte noch ein Mandarinenkuchen mit Joghurtcreme. Sinje verkniff sich die Frage, wer das alles essen sollte, im Zweifel wurden die Feriengäste sanft überredet.

Der Kaffeetisch war in der Gartenlaube liebevoll gedeckt. Bendix war nicht da, er hatte mit den Schafen zu tun. Die drei Frauen labten sich an der Erdbeertorte. Keike kratzte ihrer Figur wegen die Sahne ab, und beim Essen drehte sich ihr Gespräch um Inedes Schule und ihre Freunde in Husum, den neuesten Klatsch aus Nieblum. In null Komma nichts war die erste Kaffeekanne leer, und Keike wollte Nachschub holen.

»Ich mach das schon.« Sinje griff nach der Kanne und stand auf. Nach drei Stück Kuchen hatte sie das Gefühl, sich unbedingt bewegen zu müssen.

Vor der Küchentür traf sie einen der Feriengäste, der gerade gehen wollte. Der Mann drehte sich halb zu ihr um, und beide blieben sprachlos voreinander stehen. Es war der Kerl vom Hafen. Statt eines Hemdes und Jeans trug er jetzt ein verwaschenes T-Shirt zu hellen Shorts und Leinenschuhen. Ins Haar hatte er eine Sonnenbrille geschoben. Natürlich musste einer wie er auf Segler machen.

Sinje bemerkte, dass ihr der Mund offenstand, und klappte ihn schnell zu. Gerade vor diesem Mann wollte sie nicht wie ein dümmliches Schaf dastehen.

»Sie!«, entfuhr es beiden gleichzeitig.

»Manche Frauen wird man einfach nicht los, wie ein Fluch«, fügte er hinzu.

Sinje spürte, wie sie wütend wurde. »Das kann ich zurückgeben.« Zu spät fiel ihr ein, dass der Mann wahrscheinlich Keikes Gast war.

Er zuckte nur mit den Schultern und verließ das Haus durch die Vordertür.

Arrogant von den Haarspitzen bis zu den Zehennägeln. Sinje starrte immer noch die Tür an, als diese schon längst wieder geschlossen war. Gerne hätte sie ihm etwas hinterhergeworfen, aber die Kanne von Keikes gutem Service durfte es natürlich nicht sein. Dieser Mann schaffte es spielend, ihre schlechtesten Seiten zum Vorschein zu bringen.

Nachdem der Kaffee durchgelaufen war, kehrte sie in die Gartenlaube zurück. Nur noch Keike saß am Tisch, Inede hatte sich auf den Weg gemacht, um eine Freundin zu besuchen. Und es könne gut sein, dass sie erst spät nach Hause komme, ließ sie der Mutter ausrichten. Sinje reagierte nicht auf diese Eigenmächtigkeit ihrer Tochter, ihre Gedanken waren immer noch bei dem unverschämten Fremden. Sie hätte beinahe etwas verschüttet, als sie ihrer Schwester nachschenkte.

»Hast du die Bohnen erst gepflückt und geröstet? Das hat ja gedauert! In der Zeit schert Bendix eine ganze Herde Schafe.«

»Er schert gar nicht selbst, sondern lässt jemanden kommen. Außerdem habe ich einen deiner Gäste getroffen.«

»Du hättest mich rufen sollen, wenn es ein Problem gab.«

»Kein Problem. Jedenfalls nicht so eines.« Sinje tat Milch und Zucker in ihren Kaffee.

»Du machst mich neugierig.« Keike setzte sich bequemer hin. »Welcher von meinen Gästen war es denn?«

»Ein Mann mit einem Mercedes-Sportwagen. Er ist heute erst angekommen.«

»Du meinst Marcus Bamberg aus Hamburg. Der ist ein Schnuckelchen und so charmant. Er war kaum zur Tür herein, da hat er mir schon eine Fahrt angeboten. Wäre er nicht ein bisschen zu alt für mich und hätte ich nicht meinen Bendix ... Er ist Journalist und hat sich für zwei Wochen bei mir eingemietet in meinem größten Zimmer.«

»Das ist alles nur äußerlich.« Sinje ärgerte sich über die unverhohlene Bewunderung ihrer Schwester.

»Klar ist das so. Was ist dabei? Du klingst gerade so, als hätte ich meine Augen und meinen Verstand am Traualtar abgeben müssen. Das wäre Bendix gar nicht recht. Arfst hätte das auch nicht gefallen. Der Mann ist Journalist und nur für zwei Wochen auf der Insel, danach sehen wir ihn nie wieder.«

Sinje zuckte mit den Schultern. Ihre Tochter hatte auch etwas von ihrer Tante geerbt, denn auch Keike ließ sich nicht leicht von einem Thema abbringen.

»Du klingst so, als wärst du mit ihm zusammengestoßen?«

»Was treibt ein Journalist zwei Wochen auf Föhr? Ganz alleine«, wich sie der Frage ihrer Schwester aus.

»Recherchieren. Er will einen Reiseführer über die Insel schreiben. Endlich mal einen nur über Föhr, nicht mit Sylt und Amrum zusammen. Und auch keins von den Dingern, in denen es nur darum geht, wie man sich überall möglichst billig durchmogelt. Das ist genau, was wir brauchen können.«

*Nur weil einer einen Reisefrüher schreibt, muss man ihm nicht gleich in den Hintern kriechen*, dachte Sinje rebellisch. Laut sagte sie: »Er ist trotzdem arrogant. Er ist auf derselben Fähre gekommen wie Inede und ich.« Sie erzählte, wie sie im Hafen mit den Autos beinahe zusammengestoßen wären und was der Hamburger gesagt hatte, bevor er einfach davongebraust war.

»Das ist jetzt aber dumm.« Keike sah zerknirscht aus. Nein – eigentlich sah sie aus wie früher in der Schule, wenn sie etwas ausgefressen hatte.

Ihre Antwort entsprach auch gar nicht dem, was Sinje erwartet hatte. Sie wurde misstrauisch. »Wieso dumm? Ich finde es eher empörend. Typisch Hamburger Sportwagenfahrer. Zum Glück muss ich mich mit dem Mann nicht weiter abgeben. Wenn er auf der Insel recherchieren will, wird er ja die meiste Zeit unterwegs sein.«

»Das ist es ja gerade. Er hat mich gefragt, ob ich jemanden kenne, der ihm die Insel zeigen und ihm Geschichten über Orte und Leute erzählen kann.«

»Das hast du nicht getan?«

»Ich fürchte doch.« Keike sah in ihren Schoß und spielte weiter die Zerknirschte.

»Wie konntest du über meinen Kopf entscheiden! Du hättest ihn zum Heimatverein schicken sollen.«

»Damit er in die Hände von Frieder Munk fällt? Du kennst den Mann.«

Jeder Einheimische kannte den pensionierten Friedhofsverwalter, der Vorsitzender des Heimatvereins war. Das war auch schon alles Positive, was sich über ihn sagen ließ. Er sprach in umständlichen Schachtelsätzen, die außer ihm niemand verstand. Das störte nicht, denn ihm reichte es, wenn seine Zuhörer hin und wieder nickten, neben seiner ließ er sowieso keine anderen Meinungen gelten. Er hatte mehrere Bücher über die Geschichte Föhrs herausgebracht. Sinje hatte sie aus Pflichtgefühl gekauft, zu einer Zeit, als sie selbst noch versucht hatte, im Heimatverein aktiv zu sein.

Sie schüttelte den Kopf. »Da gibt es andere. Der Pastor von St. Laurentii zum Beispiel.«

»Der kann ihm etwas über seine Kirche erzählen und die anderen Gotteshäuser auf der Insel. Mein Eindruck war aber, dass Marcus Bamberg keinen Kirchenführer schreiben will.«

»Mach es doch selbst. Schließlich bist du so begeistert von diesem Hamburger Fatzke.«

»Damit ich in einem Buch der Lächerlichkeit preisgegeben werde? Ganz bestimmt nicht«, beantwortete Keike ihre Frage gleich selbst. »Von uns beiden warst immer du die Intellektuelle, die sich am liebsten hinter zwei Büchern gleichzeitig vergraben hat. Du hast Abitur gemacht und studiert, du interessierst dich für Geschichte. Ich war damit zufrieden, nach der zehnten Klasse abzugehen und einen Bauern zu heiraten.«

Die Worte prasselten wie Hagel auf Sinje nieder. Und jedes entsprach der Wahrheit. Sie hatte in Kiel Grundschulpädagogik studiert und auf Föhr als Lehrerin gearbeitet, bis Arfst umgekommen war. Danach hatte sie den Kutter übernommen, um seinen Traum zu verwirklichen.

»Finde jemand anderes.«

»Was soll ich ihm sagen? Meiner Schwester gefällt seine Meinung über Frauen und Autos nicht, und sie will deshalb nichts mit ihm zu tun haben.«

»Von mir aus.«

»Dann hält er mich für komplett bekloppt und dich auch.«

»Von mir aus.«

»Kannst du mal was anderes sagen?«

»Solange ich ihn nicht sehen muss.«

Keike seufzte laut. »Ihr seid unglücklich aneinandergeraten. Das ist doch kein Grund, sich für den Rest des Lebens spinnefeind zu sein. Gib euch beiden eine Chance. Und nichts ist dazu besser geeignet als ein Inselrundgang.«

»Du willst also im Ernst sagen …?« Sinje glaubte, sich verhört zu haben.

»Vielleicht tut es ihm leid, und er würde sich gerne entschuldigen.«

»Der doch nicht. Der pflegt seine Vorurteile.«

»Du genauso. Du vergibst dir nichts, wenn du einen Nachmittag mit ihm verbringst. Ist er danach immer noch unangenehm – na ja, dann schicke ich ihn zu Frieder Munk. Und die vierzehn Tage, die er auf der Insel ist, gehen schnell rum.«

Sinje überlegte.

»Ja oder ja?«

Sie hatte keine Lust, jemandem Föhr zu zeigen und ihm die alten Geschichten zu erzählen – überhaupt niemandem. Das hatte sie immer mit Arfst gemacht, bei jedem Wetter. Sie hatten die geschichtsträchtigen Plätze aufgesucht, sich Geschichten und Legenden erzählt und häufig so getan, als wären sie Personen aus früheren Zeiten. Bauern und Fischer aus dem 17. Jahrhundert, die Mutter eines unehelichen Kindes, der das Abendmahl verweigert wurde, ein Schmuggler, der den Rum fässerweise von der Insel transportierte und den Zollinspektoren im letzten Augenblick entwischte. Das gehörte nur Arfst und ihr, andere sollten daran nicht teilhaben.

Keike hatte unterdessen weitergeredet. Sie sprach davon, dem Journalisten das von Föhr zeigen, was in einem Reiseführer erwähnt werden sollte. Sie könnte ihm ein paar Legenden erzählen und Orte zeigen, die Fremde nicht ohne weiteres fanden, zum Beispiel den kleinen Kiosk in Boldixum, wo es die besten Fischfrikadellen in ganz Nordfriesland gab, oder die einzige Ziegenherde auf Föhr. Sie könnte ihm auch etwas über Krabbenfang erzählen.

Sinje überlegte mit gerunzelter Stirn. Arfst hätte das gefallen. Er war immer so stolz auf seine Heimat gewesen und hatte gerne andere daran teilhaben lassen, für ihn wäre es selbstverständlich gewesen, den Journalisten über die Insel zu führen. Außerdem wurde sie langsam zickig, wenn sie sich noch länger weigerte. Das war etwas, was sie nicht leiden konnte.

»Lass dich doch nicht ewig bitten.« Geduld war nicht Keikes starke Seite.

»Ich verspreche nichts. Wenn er mir dumm kommt, ist die Sache sofort beendet. Noch mehr blöde Sprüche höre ich mir von ihm nicht an.«

»Ich wusste, dass ich mich auf dich verlassen kann. Du bist meine Beste.« Keike umarmte sie.

*Das war ja ein Drachen.* Marcus schlenderte in Nieblum durch die Hauptstraße. Eine von kleinen reetgedeckten Häusern gesäumte Dorfstraße, in der sich Geschäfte und Restaurants aneinanderreihten. Ulmen und Linden standen an der Straße Spalier, die Häuser umgaben Gärten. So viel Grün. Er wollte sich einen ersten Überblick über seinen Urlaubsort verschaffen, bevor er sich in den nächsten Tagen die ganze Insel zu Gemüte führte. Stattdessen waren seine Gedanken bei der Frau, mit der er in wenigen Stunden zweimal zusammengestoßen war. Sie war keine Schönheit im klassischen Sinne, aber sie war interessant. Eine blonde Frau des Nordens mit den Proportionen an den richtigen Stellen. Die zupacken konnte – er hatte kurze Fingernägel und kräftige Hände bemerkt. Längere Haare hätten ihm an ihr besser gefallen als dieser kinnlange Schnitt. Bei dem ständigen Wind an der Nordsee war diese Frisur sicher praktischer im Gegensatz zu langen Locken. Praktisch, das traf genau auf sie zu.

Marcus registrierte die Blicke, die andere Urlauberinnen ihm zuwarfen. Er schob sich seine Sonnenbrille auf die Nase, um sich in deren Schutz ungehinderter umschauen zu können. Sogleich nahm die Welt eine goldbraun getönte Färbung an.

Nieblum war ein süßer Ort – zuckersüß. Da hatte er sein erstes Thema für die spezielle Art Reiseführer, die er schreiben wollte. Frage: Wie viel Süße verträgt ein Urlaubsort, bevor er den Augen wehtut? Antwort: Nieblum. Er hätte seine Kamera mitnehmen sollen, um ein paar Fotos zu machen. Keine Fotos für das Buch – dafür war er nicht zuständig, nur um beim Schreiben seiner Erinnerung auf die Sprünge zu helfen. Einen Moment überlegte er, ob er zurückgehen sollte, um die Kamera zu holen, entschied sich dann aber dagegen. Es kam ihm auf den ersten Eindruck an, den konnte man sich nur einmal verschaffen.

Er schlenderte weiter und bog von der Hauptstraße Richtung Kirche ab. St. Johannis präsentierte sich ihm als ein mittelalterlicher Backsteinbau mit weißen Fenstern und weißen Ornamenten im Giebel des Seitenschiffs. Die Kirche war genauso herausgeputzt wie der Ort und von erstaunlicher Größe – für ein Kaff wie Nieblum. Jeder Einwohner konnte in den Kirchenbänken sicher zwei oder mehr Plätze beanspruchen. Frage: Findet man Gott nur in schönen und großen Gebäuden oder auch in schmutzigen Hinterhöfen? Antwort: … Das gehörte nicht in einen Reiseführer, auch nicht in einen seiner Sorte. Er ging über den Friedhof neben der Kirche, betrachtete einige Grabsteine und versuchte, die verwitterten Inschriften zu entziffern. Viele der Stelen schienen sehr alt zu sein, weit älter, als es auf Friedhöfen normalerweise der Fall war. Frage: … Ihm fiel keine ein und auch keine Antwort. Weitere Besucher betraten den Friedhof, eine Reisegruppe, alle 50 plus, folgten ihrem Führer. Sie hielten sich bei den Gräbern nicht auf, sondern strebten der Kirchentür zu.

Angesichts dessen verzichtete Marcus darauf, das Innere St. Johannis' zu besichtigen. Er verließ den Friedhof. Neben der Kirche war Nieblum noch stolz auf einen Golfplatz, Tennisplätze und eine Surfschule. Das wusste er von der Homepage des Ortes. Man musste schließlich nicht nur der kulturbegeisterten Generation 50 plus etwas bieten, sondern auch Familien, jungen Reisenden und sportlichen Städtern wie ihm. Das schien noch nicht richtig geklappt zu haben, denn er sah vorwiegend ältere Menschen auf den Straßen. Frage: Ist Mallorca attraktiver als Föhr, das sich selbst Karibik der Nordsee nennt? Antwort: ... Eine einfache Antwort ließ sich darauf nicht finden, aber für sein Buch brauchte er griffige Parolen. Tief in Gedanken versunken schlenderte Marcus die Straßen entlang.

Zwei Mädchen kamen ihm entgegen, untergehakt. In einem kurzen Kleid die eine, die andere in Shorts. Sie fielen ihm auf, weil sie unentwegt sprachen und dabei kicherten. Teenager in der Pubertät. Der alte Ausdruck »Backfisch« fiel ihm ein, und unwillkürlich musste er lächeln. Die Mädchen bezogen das offenbar auf sich, denn sie kicherten noch lauter. Dicht gingen sie an ihm vorbei. Er roch viel zu süßliches Parfüm, vermischt mit Schweiß, dann waren die beiden Schönen an ihm vorüber. Er unterdrückte den Impuls, sich nach ihnen umzusehen – bei solchen jungen Dingern, da machte man sich als Mann ja noch strafbar.

Er beschloss, sich in ein Straßencafé zu setzen, Leute zu beobachten und über ein paar Kapitelüberschriften für sein Buch nachzudenken. Auf der Hauptstraße sollte es nicht liegen, und überlaufen von einer Busladung Touristen sollte es auch nicht sein. *Oho, er wurde langsam zum Provinzgockel, wenn er von so einer Dorfstraße als Hauptstraße dachte.* Marcus bog in die Poststrat ein und fand einen freien Tisch im Garten einer Teestube. Es gab nicht nur Tee, er entschied sich für einen doppelten Espresso, auf den angebotenen Kuchen verzichtete er.

Bald hatte er eine kompetente Führerin für Föhr und seine Menschen. Seine Pensionswirtin hatte ihre

Schwester wärmstens empfohlen. Ein Gedanke zuckte in seinem Gehirn auf: *War dieser Drachen die Schwester? Um Himmels willen. Die würde ihm höchstens die Mülldeponie zeigen und ihn danach von einer Klippe stürzen. Gab es eine Klippe auf Föhr?*

# Kapitel 2

Der Mann hinter dem Schreibtisch blätterte in den Unterlagen, die Sinje ihm gegeben hatte. Sie saß vor dem Tisch und konnte nichts anderes tun, als auf seinen Kopf starren. Er hatte da einen Wirbel, und das Haar wurde langsam schütter. Sie knetete die Hände im Schoß. Eigentlich hatte sie kurz nach Hause fahren wollen, um sich umzuziehen. Sie wusste, wie wichtig es war, bei seiner Bank einen guten Eindruck zu hinterlassen.

Dann aber war sie mit der »Tru Deern« zu spät in den Hafen gekommen, und es war keine Zeit mehr gewesen. Sie hatte sich nur die Hände waschen und ihren Arbeitsoverall ausziehen können. Einmal schnell mit dem Kamm durch die Haare, das musste reichen.

Der Mann klappte den Ordner mit den Unterlagen zu und sah auf. Er brauchte gar nichts zu sagen, in seiner Miene war alles zu lesen.

Natürlich sagte er es trotzdem: »Die Zahlen sehen

nicht gut aus. In diesem ganzen Jahr nicht. Ich kann den Kredit nicht verlängern, da ist wirklich nichts zu machen. Die Sparkasse muss auf pünktlicher Rückzahlung bestehen. Tut mir leid. Ich habe alles versucht, aber mir sind die Hände gebunden. Deine betriebswirtschaftlichen Auswertungen lassen einfach nichts anderes zu.«

»Sie sind nicht besser und nicht schlechter als im letzten Jahr.« Das stimmte nicht ganz. Die Zahlen waren schlechter. Zwei Monate waren besser gewesen als die des Vorjahres, aber alle anderen schlechter. »Die Bank hat ihr Geld immer bekommen. Daran wird sich auch in Zukunft nichts ändern. Überlege es dir noch mal.«

Er legte eine Hand auf den Hefter mit ihren Zahlen. »Das spricht eine andere Sprache.«

»Sören, wir sind zusammen zur Schule gegangen. Du kennst mich.« Auf einer Party hatten sie sich sogar einmal geküsst, da hatten sie beide ein, zwei, drei Biere zu viel gehabt. Daran erinnerte sie ihn lieber nicht.

»Es tut mir leid, Sinje. Es liegt nicht an mir, das ist eine Entscheidung meines Vorgesetzten. Ich muss es dir nur sagen. Ich war dafür, dir noch eine Chance zu geben.«

»Hast du so was zu Arfst auch gesagt?«

»Das war was ganz anderes.«

»Weil er ein Mann war? Weil er in der dritten Generation Fischer war?«

»Das spielt alles keine Rolle. Die Zahlen müssen stimmen.« Er presste die Hand so fest auf den Hefter, dass die Knöchel weiß hervortraten.

»Bei Arfst haben sie gestimmt?«

Damals war es mit der Fischerei besser gelaufen. Sie hatte es selbst erlebt, wie drei der sechs Föhrer Krabbenfischer aufgaben, zwei vor zwei Jahren und einer im letzten Herbst.

Sören wiegte nachdenklich den Kopf. »Die Zahlen waren bei deinem Mann nicht besser, aber damals gab es noch dein Gehalt als Lehrerin. Das hat die Sache anders aussehen lassen. Dein Geld kam pünktlich und konnte als Sicherheit dienen. Und dein Mann hat alles immer rechtzeitig zurückgezahlt.«

Ihr Gehalt war es also gewesen. Sie wollte etwas sagen, aber Sören ließ sie nicht zu Wort kommen.

»Niemand hat verstanden, warum du damals deine Arbeit aufgegeben hast, um auf den Kutter zu gehen. Fischerei war von jeher ein schwieriges Geschäft und für eine Frau sowieso.«

»Ich kann mit der ›Tru Deern‹ genauso gut umgehen wie ein Mann und weiß alles über Krabben und wie und wo man sie fängt.« Bevor Sinje genauer sagen konnte, was sie von solchen Chauvisprüchen hielt, erinnerte sie sich daran, dass sie etwas von Sören wollte und nicht umgekehrt, und schluckte den Rest runter. »Kannst du nichts für mich tun? Eine kleine Zinserleichterung? Oder gib mir wenigstens zwei Wochen? Ich kann noch irgendeine Arbeit finden und wenn ich putzen gehe.«

»Vorletzten Monat habe ich dir erst zwei Wochen gegeben. Soll das immer so weitergehen, Sinje?«

*Nicht immer. Irgendwann ist der Kredit abbezahlt, und dann bewege ich meinen Arsch nicht mehr vor deinen Schreibtisch. In zwei Jahren oder so.* Sören hatte seine Miene in bedauernde Dackelfalten gelegt. Sie nahm es ihm nicht ab. Insgeheim freute er sich über ihre Notlage. In der Schule hatte er keine richtigen Freunde gehabt. Sein Vater war das Flüchtlingskind gewesen, war mit den Eltern nach dem Krieg aus den deutschen Ostgebieten geflohen und auf Föhr hängengeblieben. Der Großvater hatte in der Landwirtschaft gearbeitet, als Knecht, als Schäfer. Sein Vater auch noch, bis die Touristen anfingen, ein richtiges Geschäft zu werden, und er am Wyker Hafen einen Kiosk eröffnete. Sören war der Erste in der Familie gewesen, der was Besseres geworden war. Aber die Föhrer vergaßen seine Herkunft nicht. Kinder konnten gemein sein, und das hatten sie ihn in der Schule spüren lassen. Der Kuss auf der Party – Sinje hatte sich danach geschämt und war Sören wochenlang aus dem Weg gegangen, während er wohl gehofft hatte, aus ihnen könnte mehr werden. Bald darauf war sie mit Arfst zusammengekommen und hatte den Sohn des Kioskbetreibers vergessen. Bis heute …

»Es muss doch was möglich sein.« Ihre Stimme klang so verzweifelt, wie sie sich fühlte. Das ärgerte sie, und es ärgerte sie auch, als Bittstellerin vor Sören zu stehen.

»Es gibt immer etwas, was man tun kann.« Die Dackelfalten verzogen sich zu einem Lächeln. »Es hängt ganz davon ab, wozu du bereit bist. Für deinen Traum.«

»Was denn?«

»Du bist eine schöne Frau, Sinje. Wie lange ist dein Mann jetzt tot? Drei, vier Jahre? Du musst nur ein bisschen nett zu mir sein. Vielleicht beginnen wir mit einem Abendessen – heute.« Sören wollte über den Tisch hinweg seine Hand auf ihre legen.

Schnell zog sie ihre weg. Sie verstand, und eine Welle der Übelkeit rollte über sie hinweg. Sie musste eine Hand auf den Mund pressen, um sich nicht an Ort und Stelle zu übergeben.

»Das ist nicht dein Ernst«, brachte sie mühsam heraus. Dann schluckte sie ihre Übelkeit herunter und setzte sich gerade hin. »Die Bank wird ihr Geld bekommen. Pünktlich. Irgendwie werde ich es schaffen.«

»Die Entscheidung liegt bei dir.« Er zog seine Hand wieder zurück und betrachtete seine Fingernägel.

»Du bist widerlich. Ich kann das deinem Chef melden.«

»Ich habe von einem Abendessen gesprochen. Was willst du da melden? Du wirst dastehen wie eine hysterische Kuh.«

Sinje erkannte, wie recht er hatte. Seine Aussage stand gegen ihre, und sie war eine Schuldnerin, die ihren Kredit nicht zurückzahlen konnte. Es war nicht schwer, sich auszumalen, wem der Filialleiter glauben würde.

Sie stand auf. »Wir haben uns nichts mehr zu sagen.«

»Du weißt, wo du mich findest, falls du es dir überlegst.«

»Bestimmt nicht. Und tschüss.«

Es tat gut, hoch erhobenen Hauptes das Büro und die Filiale der Nord-Ostsee-Sparkasse zu verlassen. Sie brauchte dringend eine Dusche, und das nicht nur, weil ihr draußen die Sonne auf den Kopf knallte und ihr den Schweiß aus den Poren trieb, sondern weil sie sich fühlte, als wäre sie gerade einem Sumpfloch entkommen.

Auf der »Tru Deern« waren die seitlichen Ausleger, die Baumkurren, heruntergelassen und zogen die Netze über den Grund, während sie vor dem Festland kreuzten. Ein Schwarm Möwen folgte ihnen. Inede war mit an Bord und stand am Ruder. Dafür hatte der alte Jan, mit dem Sinje sonst rausfuhr, heute frei. Der Diesel arbeitete mit einem zufriedenen Röhren. Inede stand nicht zum ersten Mal am Ruder und wusste genau, was sie zu tun hatte, also könnte Sinje die Sonne und den Wind genießen. Stattdessen ging sie auf Deck hin und her, überprüfte Rollen, Kabel, Seile und Winden, kontrollierte den Kochkessel und die Kühlanlage. Wenn sie es schafften, die Netze dreimal herauszuziehen, sie jedes Mal gut gefüllt waren, die Restaurants ihr nicht nur die üblichen Mengen, sondern noch ein bisschen mehr abnahmen, die Touristen in Kauflaune waren und ihren Stand am Kai umlagerten … Sie versuchte im Kopf auszurechnen, wie viel Umsatz das bedeutete, wie viel davon Gewinn war und wie viele Tage sie brauchte, um die nächste Kreditrate zu verdienen. Es waren einfach zu viele Wenns in ihrer Gleichung.

Sie beobachtete Inede, die mit konzentriertem Gesichtsausdruck aufs Meer schaute, beide Hände fest am Ruder. Die »Tru Deern« war kein so modernes Schiff, dass sie mit einem Joystick gesteuert wurde, es gab noch ein richtiges Ruder, die Grifffläche aus poliertem Holz. Was sollte aus dem Mädchen werden, wenn diese Sache schiefging? Am Ende blieb ihr nur, auf Sörens Angebot zurückzukommen. Niemals! Das hätte Arfst nicht gewollt. Es musste klappen. Es musste einfach.

»Das habe ich in Husum vermisst«, rief Inede ihr aus dem Führerhaus zu. »Das Meer. Da gibt es natürlich auch Meer, aber man fährt nicht vor Tau und Tag mit der Flut raus, um eine ehrliche Arbeit zu machen. Mit den Händen zu arbeiten und richtig dreckig zu werden. Dem Meer nah zu sein. Verstehst du mich?«

Sie verstand ihre Tochter gut. Am Ende eines jeden Arbeitstages sah man, was man geschafft hatte. Man war den Elementen ausgesetzt gewesen, hatte Kraft verbraucht und konnte zufrieden nach Hause gehen.

»Man macht sich nicht nur schmutzig, sondern stinkt auch nach Fisch«, rief sie zurück.

»Das gehört doch dazu. Soll ich die Netze hochziehen?«

Sinje warf einen prüfenden Blick aufs Meer, auf die Sonne, zuletzt auf ihre Uhr. »Dreh noch eine Runde.«

Am Ende dieser Runde holten sie unter den Argusaugen eines den Kutter verfolgenden Schwarms Möwen die Netze ein. Sie waren gut gefüllt, und Sinje begann schon wieder zu rechnen, als der Fang in einen Trichter gefüllt wurde und sie die in die Netze gegangenen Fische aussortierten und wieder ins Wasser warfen. Von da ging es in eine Trommel, in der Krebse und anderes Meeresgetier getrennt wurden. Zuletzt wurden die Krabben auf ein Sieb geschüttet, zu kleine fielen durch und wurden ins Meer zurückgeschüttet. Der Rest war ihr Fang und kam in den Kessel, in denen die Krabben im Salzwasser gekocht wurden. Es war alles bereit, das Wasser heiß. Und es waren wieder zu viele Unbekannte in ihrer Gleichung.

Der Diesel lief leise tuckernd im Leerlauf, der Kutter

schaukelte auf den Wellen. Inede verließ das Führerhaus und half ihrer Mutter beim Aussortieren des Beifangs. Beide trugen Handschuhe und arbeiteten schnell und konzentriert. Kleine Fische, Krebse, alles, was nicht Krabbe war, kippten sie über Bord ins Meer zurück. Deswegen folgten ihnen die Möwen, der Beifang war ihr Festmahl. Eine besonders freche Möwe setzte zum Landeanflug auf die Trommel an, um sich einen besonders umfangreichen Schmaus einzuverleiben. Inede schob sie mit dem Ellenbogen weg, zeternd suchte der Vogel das Weite. So waren Möwen – sie nahmen sich gerne, was ihnen nicht gehörte. Sinje kam eine erstaunliche Parallele zu Bankern in den Sinn: Die nahmen auch gern das Geld anderer Leute.

Anschließend kochten sie die Krabben, und sie bereiteten die Netze für den nächsten Fang vor. Zwischendurch rührten sie immer mal wieder den Bottich um. Inede erledigte ihre Aufgaben, als hätte sie nie etwas anderes gemacht. Seit sie acht Jahre alt war, fuhr sie in den Ferien zunächst mit ihrem Vater, später mit ihrer Mutter hinaus. Arfst hatte in ihr seine Nachfolgerin gesehen, während Sinje wollte, dass die Deern studierte. Jetzt erst recht, die Begabungen ihrer Tochter sollten nicht verschwendet sein. Das war jedes Opfer wert. Jedes? Nicht Sören Dabinski. Lieber schnallte sie den Gürtel enger und lebte nur noch von Krabben, Ei und Brot.

»Was hast du, Mum? Du bist heute so anders.«

»Es ist alles in Ordnung.«

»Erst läufst du an Bord rum, als wüsstest du nicht, wohin mit dir. Jetzt sagst du kein Wort. Ich merke doch, dass was nicht stimmt. Ist es wegen des Banktermins gestern?«

Sinje schüttelte den Kopf.

Ihre Tochter war scharfsinnig, und es war klar, dass sie sich damit nicht zufriedengab. »Ist der Termin nicht so gut gelaufen? Stecken wir in Schwierigkeiten?«

»Wie soll ein Banktermin schon laufen? Das ist nie angenehm.«

»Sind wir pleite?«

»Auf keinen Fall.«

»Du musst mir die Wahrheit sagen, ich bin kein kleines Kind mehr. Wenn wir kein Geld haben, kann ich arbeiten gehen. Babysitten, auf einem Campingplatz helfen oder bei Tante Keike. Ich werde schon was finden. Ich will helfen, Mama.«

»Auf keinen Fall, du bist erst fünfzehn. Du kannst bei Keike ein bisschen aushelfen, was du verdienst, gehört aber dir. Keine Widerrede. Ich komme zurecht.« Sie war stolz auf ihre Tochter, so stolz, dass ihr beinahe die Tränen kamen.

»Was ist es dann, Mama?«

Auf keinen Fall konnte sie das der Deern sagen. Das war kein Gesprächsthema zwischen Mutter und Tochter. »Gar nichts. Es ist gar nichts. Geh wieder ans Ruder, ich lasse die Netze runter.«

Inede gehorchte, aber zufrieden war sie nicht. Das sah Sinje an ihren heruntergezogenen Mundwinkeln.

Der arrogante Hamburger erwartete sie neben seinem Mercedes. Er war wieder wie ein Segler gekleidet, weiße Hose, Leinenschuhe, Polohemd und ein Pullover lässig über die Schultern geworfen. Die Sonnenbrille steckte im Ausschnitt des Hemdes, und der Wind hatte sein Haar zerzaust. Er sah attraktiv aus, das konnte sie nicht bestreiten, gleichzeitig fragte sie sich, ob er jemals gesegelt war oder überhaupt auf einem Boot gestanden hatte und nicht nur Passagier gewesen war wie auf der Fähre.

»Sie«, sagte er mit einem schiefen Lächeln, das ihn noch attraktiver aussehen ließ. »Frau Petersen hatte mir ihre Schwester versprochen.«

»Ich bin die Schwester. Sinje Laugesen.« Sie hatte sich vorgenommen, sich von ihrer besten Seite zu zeigen, und streckte ihm die Hand hin.

Er ergriff sie. Sein Händedruck war fest und warm.

»Heißt hier eigentlich jeder mit -sen am Ende?«

»Nicht alle, aber viele. Was kann ich Ihnen von der Insel zeigen?«

»Alles, was interessant ist. Lassen Sie uns fahren.«

»Aber nicht damit.« Sie zeigte lächelnd auf das Auto. »Auf Föhr bewegt man sich anders.«

Hinter der Hausecke hatte sie zwei Fahrräder deponiert, und als sie sie ihm zeigte, sah sie zufrieden, wie seine Augen groß wurden.

»Ich soll damit fahren?«

»Das sind gute, geländegängige Räder. Sie sind doch sportlich? Haben Sie Ihre Kamera dabei? Es gibt viele schöne Motive auf Föhr.«

»Ich will einen Reiseführer schreiben, keinen Fotoband herausgeben. Aber ja, ich habe meine Kamera hier.« Er nahm eine Fototasche aus dem Auto und legte sie in seinen Fahrradkorb.

Kurz darauf waren sie auf dem Deich in Richtung Wyk unterwegs, zu ihrer Rechten der Strand und das Meer, zu ihrer Linken Wiesen und Wälder. In Wyk wolle sie nicht anhalten, hatte Sinje ihm erklärt, das könne er sich auch ohne sie anschauen, sie werde ihm andere Plätze zeigen und einmal rund um die Insel mit ihm fahren. Bei dieser Aussicht hatte er das Gesicht verzogen.

Im nördlichen Marschland legte Sinje einen ersten Stopp ein. Um sie herum nur Deich, Gras, Schafe, auf der einen Seite das Meer, auf der anderen Seite Wiesen mit Kühen oder Pferden, Mais- und Getreidefelder. Die flache Landschaft wurde immer mal wieder unterbrochen von einigen Bäumen, oder eine hohe Hecke spendete Schatten. Alles glänzte im Sommersonnenlicht. Nur ein einziges Haus war zu sehen. Wenn man hier stand und sich umschaute, verstand man, warum Föhr als »Karibik des Nordens« bezeichnet wurde. Sinje sagte nichts und ließ die Landschaft auf sich wirken.

Der Journalist rutschte aus dem Sattel und rieb sich den Hintern. »Ich hatte schon bequemere Räder.«

»Einmal die Woche im Fitnessstudio?«

»Sie können das Sticheln nicht lassen?«

»Und Sie sehen aus, als würde Ihre einzige Bewegung im Fitnessstudio stattfinden.«

»Ich spiele Fußball«, informierte er sie. »Und mache Krafttraining – im Fitnessstudio.«

*Hatte sie recht gehabt*, frohlockte Sinje im Stillen. »Machen Sie ein paar Fotos.«

Marcus sah sich um und nahm gehorsam die Kamera aus der Fototasche, schaute durch den Sucher, während er sie hin und her schwenkte. Allerdings drückte er nicht den Auslöser. »Sie wollten mir die Insel zeigen. Ich sehe bloß Schafe, Kühe, Pferde. Die kann ich mir überall anschauen in Schleswig-Holstein und an der nordfriesischen Küste. Sogar in Hamburg gibt es Schafe und Kühe – und natürlich Pferde.«

»Das ist Föhr«, erwiderte Sinje mit gespielter Gekränktheit. In Wirklichkeit gefiel ihr das Wortgeplänkel. »Der kaum besiedelte nördliche Teil der Insel. Es ist Marschland, erst nach der Eindeichung konnte es bewirtschaftet werden. Die Schafe gehören übrigens meiner Schwester und ihrem Mann.«

Der Journalist betrachtete die Schafe ausgiebig und schoss nun doch ein paar Fotos, bevor sie sich wieder auf die Räder schwangen.

Den nächsten Halt machten sie auf dem Deich in Höhe des Ortes Dunsum. Außer Natur war hier auch ein großer Parkplatz zu sehen. Etliche Fahrzeuge aus verschiedenen Ecken Deutschlands drängten sich nebeneinander. Sinje fand, der Mann an ihrer Seite sah so aus, als hätte er seinen Sportflitzer lieber dort unten geparkt, statt die halbe Insel mit dem Fahrrad zu umrunden.

»Was ist hier Bemerkenswertes zu sehen?«

»Am Parkplatz nichts, außer Sie interessieren sich für quadratisch-praktische Architektur, die unnötig Boden versiegelt.«

»Ich habe Sie auch schon am Steuer eines Wagens gesehen.«

»Schauen Sie zur anderen Seite.«

Er blickte aufs Meer hinaus, beschirmte sogar die Augen mit der Hand. »Ist das Amrum? Sieht nah aus. Bestimmt lachen Sie gleich und sagen mir, es sei zwanzig

Kilometer weit weg und die Entfernung auf dem Meer täusche.«

»Das sage ich nicht.« Sinje lachte trotzdem. »Es sind ungefähr acht Kilometer, und bei Ebbe kann man mit einem kundigen Wattführer zu Fuß rübergehen.« Sie schaute auf die Uhr, danach wieder ins Watt. »Wer vor der Flut zurückwill, sollte jetzt in Amrum losgehen. Das Wasser kommt bald rein.«

»Sie kennen den Weg natürlich?«

»Ich könnte ihn mit verbundenen Augen gehen.« *Mit dir gehe ich ihn nicht*, dachte sie. *Du bekommst noch ein paar Hünengräber zu sehen, und wenn wir wieder in Nieblum ankommen, bin ich mit dir fertig*.

»Wie konnte ich nur etwas anderes denken? Was arbeiten Sie eigentlich?«

»Krabbenfischerin«, antwortete sie lakonisch.

Er sah überrascht aus. »Sie fahren so richtig auf einem Krabbenkutter mit raus. Ist das nicht eine schwere Arbeit für eine Frau?«

»Ich fahre nicht auf einem Kutter mit, er gehört mir«, erwiderte Sinje steif. Die Fröhlichkeit, die sich ihrer bemächtigt hatte, war verflogen.

»Sie haben wirklich Ihren eigenen Kutter?«

»Einer der Letzten auf Föhr.«

»Viel Geld lässt sich damit sicher nicht verdienen. Der Fischerei geht es ja in der ganzen deutschen Bucht schlecht.«

»Ich komme zurecht.«

»Eines interessiert mich noch.« Marcus schien ihre verschlossene Miene nicht zu bemerken. »Das ist doch kein Beruf, bei dem man morgens aufwacht und sich sagt: Ich werde Krabbenfischerin. Wie sind Sie auf die Idee gekommen?«

»Wie sind Sie Journalist geworden?«

»Ich habe studiert. Germanistik und Journalismus. Danach habe ich ein Volontariat bei einer überregionalen Tageszeitung absolviert. Dann hat sich eins zum anderen gefügt.«

Er war überraschend ehrlich gewesen. Sinje wusste nicht, was sie damit anfangen sollte. Sie wollte diese Ehrlichkeit nicht.

»Bei mir ist es eine Tradition, die ich fortführe.«

»Das müssen ausgerechnet Sie machen? Gibt es keinen Mann, der sie fortführt?«

»Mein Mann lebt nicht mehr.«

Seine gönnerhafte Miene rutschte ihm aus dem Gesicht. Dahinter war er ernst. »Das tut mir leid. Ich habe es nicht gewusst. Mein Beileid.«

Gewöhnlich konnte sie über ihren Mann reden, ohne dass ihr die Stimme versagte, gerade in diesem Augenblick war sie sich nicht sicher. Sie wartete einen Moment und räusperte sich, bevor sie sprach: »Es ist ein paar Jahre her.«

Marcus fuhr sich mit beiden Händen durchs Haar. »Himmel, da bin ich schön ins Fettnäpfchen getreten. Das mit Ihrem Mann tut mir ehrlich leid. Wer ahnt schon so etwas? Ihre Schwester hat das nicht erwähnt. Wir hatten keinen so guten Start miteinander. Am besten fangen wir noch mal von vorne an. Was halten Sie davon?«

Sinje wusste nicht, was sie zu diesen versöhnlichen Tönen sagen sollte. Seine Verlegenheit ließ ihn ungemein attraktiv aussehen. Eine Mischung zwischen großer Junge und erwachsener Mann, den frau beschützen und dem frau sich hingeben wollte. Was dachte sie denn da? Sie schüttelte den Kopf, um zu klarem Verstand zu kommen.

»Nun geben Sie sich schon einen Ruck. Was kann ich tun, um Sie von meinen guten Absichten zu überzeugen?« Er runzelte die Stirn. »Ich mache mich hier und jetzt auf den Weg nach Amrum und wenn ich schwimmen muss.«

»Das überzeugt mich höchstens davon, dass Sie unter allen idiotischen Touristen der idiotischste sind.« Sie lachte und streckte ihm eine Hand hin. »Sinje Laugesen, Krabbenfischerin. Ich soll Ihnen die schönen Seiten von Föhr zeigen.«

Marcus' Gesicht hellte sich auf. Er griff ihre Hand mit einem warmen Händedruck und schüttelte sie. »Marcus Bamberg Journalist aus Hamburg. Ich bleibe zwei Wochen auf Föhr, um für einen Reiseführer zu recherchieren.«

»Das ist nicht viel Zeit. Machen wir das Beste draus. Ich zeige Ihnen als Erstes meinen Lieblingsplatz auf der Insel.«

»Seien Sie damit lieber vorsichtig, am Ende wird er von Scharen neugieriger Touristen heimgesucht.«

Sie frotzelten immer noch, aber sie belauerten einander nicht länger. Marcus Bamberg konnte ein richtig netter Mann sein. Sie stiegen wieder auf die Räder und fuhren weiter, diesmal nebeneinander.

Sinjes Lieblingsplatz befand sich am Goting Kliff. Auf dem Weg dorthin radelten sie nicht länger auf dem

Küstendeich, sondern auf einer kaum befahrenen Straße, die von Hedehusum über Witsum nach Goting führte.

Sie winkte mit der Hand und sagte dazu: »Das ist die Traumstraße Föhrs. Nicht ganz die Route 66, aber die Tourismusgesellschaft nennt sie so, weil man von lauter Grün umgeben ist und einen schönen Blick auf das Wattenmeer hat. Die Straße heißt auch tatsächlich Traumstraße. Das steht in jedem Reiseführer und ist eines der Dinge, die man auf Föhr gemacht haben sollte – hier langfahren. Das wissen Sie sicher längst.«

»Etwas zu wissen und etwas zu machen, ist nicht dasselbe«, antwortete Marcus. »Es ist richtig schön hier. Wenn man Grün mag.«

»Und das von einem Stadtmenschen.«

»Das ist aber nicht der Ort, den Sie mir zeigen wollen? Eine Straße und grüne Hölle rechts und links – das kann ich mir nicht vorstellen.«

»Kommen Sie nur.« Sinje trat kräftig in die Pedale und sauste davon.

In Goting bog sie von der Traumstraße ab und folgte den Hinweisschildern »Goting Kliff« bis zum Ende der Straße. An einen Zaun gelehnt ließen sie die Räder stehen und gingen zu Fuß weiter.

»Es ist keineswegs ein geheimer Ort«, erklärte sie dabei. »Das Goting Kliff wird auch in jedem Reiseführer erwähnt und von den Urlaubern besucht.«

Tatsächlich standen mehr als ein Dutzend Menschen in der Sonne auf der Abbruchkante und schauten auf den Strand darunter. Sinje und Marcus blieben abseits stehen. Die Kante war nur wenige Meter hoch und ganz und gar nicht spektakulär. Mit den englischen und irischen Klippen nicht zu vergleichen, selbst auf Sylt waren sie höher. Trotzdem strahlte dieser Platz, wo das Meer unübersehbar am Land nagte, seinen eigenen Reiz aus. Sinje setzte sich ins Gras dicht an die Kante und ließ die Beine herabbaumeln, während sie sich mit den Armen abstützte. Das Gesicht reckte sie der Sonne entgegen.

»Sonnenanbeterin«, neckte Marcus sie, als er neben ihr saß. »Bei einer Fischerin hätte ich das nicht vermutet.«

»Ich bekomme tatsächlich mehr als genug Sonne ab. Das ist auch nicht das Wetter, bei dem ich normalerweise herkomme. Zu viele Leute da und das Meer ist zu friedlich. Im Herbst bin ich gerne hier oder im Winter, wenn die See richtig aufgewühlt ist, und der Wind über die Insel fegt. Am besten in der Dämmerung.«

»Das passt zu Ihnen. Eine Frau, die einsam den Elementen trotzt. Vom Regen lassen Sie sich wahrscheinlich auch nicht abhalten?«

»Auf keinen Fall. Es gibt kein schlechtes Wetter, nur die falsche Kleidung.«

Marcus machte nicht den Fehler, sie zu fragen, ob sie mit ihrem Mann hergekommen war. Sie waren, aber das gehörte Arfst und ihr allein.

Wieder zurück in Nieblum und vor dem Haus ihrer Schwester, wollte Sinje sich verabschieden. Er hielt ihre Hand fest.

»Darf ich Sie einladen, als Dank für diesen Ausflug. Ich habe mehr und andere Dinge gesehen, als ich vorher gedacht habe.«

»Jetzt? So?« Sinje schaute an sich herunter, auf die Shorts, die vielleicht vor einigen Jahren modern gewesen waren, auf die Trekkingsandalen an den Füßen. Sie fühlte einen Schweißfilm auf der Stirn und konnte sich lebhaft vorstellen, was der Fahrtwind mit ihrer Frisur veranstaltet hatte.

»Warum nicht? Ich habe Hunger.«

»Ich eigentlich nicht«, flunkerte sie. »Ich habe gut gegessen, bevor wir losgefahren sind.«

»Dann heute Abend.«

Dazu ließ sie sich überreden.

»Ich suche das Lokal aus«, bestimmte Marcus.

Marcus hatte in Wyk ein gemütliches friesisches Restaurant in einer ruhigen Nebenstraße ausgesucht. Sie saßen im Garten im Schatten einer Buche, vor ihnen ein Windlicht auf dem Tisch, dessen Flamme hinter Glas flackerte. Der Journalist hatte es sich nicht nehmen lassen, als Aperitif Prosecco zu ordern, der gebracht wurde, während sie die Speisekarten studierten. Neben allerlei Fischspezialitäten gab es auch Krabben. Sinje sah, dass Marcus sich gerade dieser Seite widmete.

»Das sind keine von meinen Krabben«, sagte sie.

»Aber sie sind doch von einem ansässigen Fischer?«

»Ich bin mir nicht sicher. Bei mir hat der Koch der ›Freesenstov‹ jedenfalls noch nie eingekauft. Es kann gut sein, dass er sie irgendwoher bezieht und dass sie vorher in Marokko zum Pulen waren.« Sinje schob den schmalen Träger ihres Kleides zurecht. Sie, die an T-Shirts gewöhnt war, kam sich mit bloßen Schultern nackt vor. Liebend gern hätte sie sich das Schultertuch umgelegt, das hinter ihr über der Stuhllehne hing. Dazu war es jedoch zu warm, und sie wollte auf keinen Fall, dass Marcus ihr Unbehagen erkannte und darüber feixte.

Zu Hause hatte sie nach einer hastigen Dusche lange vor ihrem Kleiderschrank gestanden und überlegt, was sie anziehen sollte. Es war Jahre her, seit sie sich zum letzten Mal von einem Mann zum Essen hatte einladen lassen. Etwa ein Jahr nach Arfsts Tod hatte ihr Schwager Bendix sie einmal ausgeführt, aber das zählte ja nicht. Hosen, Blusen, T-Shirts, Strickjacken, Pullover und natürlich Fleecejacken bildeten den Inhalt ihres überschaubaren Kleiderschranks. Sie hatte sich auf die Lippe gebissen und die Hand unentschlossen über die Bügel gleiten lassen. Wenn sie wenigstens wüsste, wohin der Journalist mit ihr gehen wollte. Dann könnte sie entscheiden, ob ihre neueste Jeans ausreichend war. So … Sinje hatte ein Kleid hervorgezerrt und es sich angehalten, eins mit Blümchenmuster. Das hatte ihr immer sehr gefallen, jetzt kam es ihr provinziell vor. Das schwarze Etuikleid hatte sie auf Arfsts Beerdigung getragen, darin wollte sie sich auch nicht sehen. Schließlich entschied sie sich für ein wadenlanges Kleid in Hellblau mit kleinen weißen Streublumen, das sie in der hintersten Ecke des Schrankes gefunden hatte. Es schwang weit, aber es hatte diese Spaghettiträger. Ein weißer Seidenschal mit Fransen und hochhackige Sandaletten unterstrichen die weibliche Note des Kleids. Mit ihren Haaren ließ sich nicht viel machen, außer sie glatt zu föhnen. Zum Schluss legte sie sogar Wimperntusche und ein wenig Rouge auf.

Marcus' anerkennender Blick hatte ihr zu verstehen gegeben, dass sie kleidungsmäßig nicht danebengegriffen hatte. Sie nippte an ihrem Prosecco und studierte die auf der Speisekarte angebotenen Lammgerichte.

»Ist der Fisch wenigstens frisch und aus der Region?«, fragte Marcus mit gerunzelter Stirn und blätterte eine Seite in der Karte um.

»Gehen Sie in die Küche und schauen Sie nach. Im Ernst, Herr Bamberg, das ist hier bestimmt alles tadellos in Ordnung.«

»Marcus.«

Verwirrt schaute sie ihn an.

»Mein Name ist Marcus. Nachdem wir zusammen die ganze Insel mit dem Fahrrad umrundet haben, sollten wir uns nicht länger so steif anreden. Meinen Hintern merke ich übrigens immer noch.«

»Sie meinen also, wir sehen uns wieder, dass sich das Du lohnt?«, fragte sie vorsichtig.

»Das hoffe ich doch. Ich habe längst nicht alles über Föhr erfahren, was ich wissen will, und du scheinst mir eine Frau zu sein, die all die Geschichten und Plätze kennt, die einen Reiseführer lesenswert machen.«

»Ich soll also weiter die Fremdenführerin für dich spielen?«, fragte sie, und erst hinterher fiel ihr auf, dass sie die vertrauliche Anrede übernommen hatte.

»Wenn die Gegenwart eines eingebildeten Hamburger Fitnessstudiobesuchers nicht unter deiner Würde ist.«

Er flirtete mit ihr. Sinje schluckte, trank den Rest aus ihrem Proseccoglas viel zu schnell, und die Kohlensäure stieg ihr in die Nase. Sie musste die Hand davorhalten, um ein Unglück zu verhindern, und wieder zu Atem kommen. *Pass op, Fru*, sagte sie sich in Gedanken.

»Ich nehme das Föhrer Deichlamm in Sherrysauce und mit Bohnen. Übrigens, ich heiße Sinje.«

»Das scheint mir keine schlechte Wahl zu sein, ich nehme das auch. Dazu eine Flasche Barolo.«

Bis das Essen und der Wein kamen, stockte ihr Gespräch, und danach konnte man sich erst einmal damit beschäftigen, ob es wirklich so gut zubereitet war, wie es auf dem Teller aussah. War es. Das Fleisch zerging im Mund. Mit großem Genuss aß Sinje alles auf und stellte dann fest, dass Marcus sie beobachtete. Es gehörte sich wohl in seinen Kreisen nicht, dass eine Frau mehr tat, als nur in ihrem Essen herumzustochern.

Dafür verzichtete sie auf den Nachtisch, sie wollte sich den guten Geschmack auf der Zunge nicht mit Süßkram verderben.

»Wenn ich dich partout nicht zu flambierten Aprikosen überreden kann, bestelle ich mir auch keine«, sagte Marcus mit gespielter Verzweiflung.

»Auf mich musst du keine Rücksicht nehmen.«

Statt den Nachtisch zu ordern, schenkte er ihnen Wein nach. Sinje fühlte sich bereits leicht beschwipst.

»Was willst du noch wissen für dein Buch?«

»Müssen wir heute Abend darüber reden?«

»Müssen wir«, verlangte sie kokett.

»Dann erzähle mir einfach ein paar Geschichten von Föhrer Originalen oder etwas aus der Vergangenheit der Insel.«

Sie überlegte, den rechten Zeigefinger hielt sie dazu gegen ihre Nase. »Hm, am besten ich erzähle Ihnen –

dir, was Föhrerinnen tun, wenn Männer uneingeladen auf ihre Insel kommen.«

»Das möchte ich gerne hören.« Marcus lachte.

»Pass auf. In alter Zeit, da war Föhr geteilt in Osterland Föhr und Westerland Föhr. Westerland Föhr gehörte zu Dänemark und Osterland Föhr zu … Holstein, na eben zu Deutschland. Egal ob nun im Osten oder Westen, in den Sommermonaten waren die Männer nicht da. Sie fuhren zur See, und die Frauen bestellten Haus und Hof. Da kamen Feinde nach Osterland. Sie landeten mit einem Schiff. Die Not war groß, denn es war niemand da, die Fremden wieder von der Insel zu vertreiben. Ungehindert zogen sie umher, raubten und plünderten, was sie fanden. Was konnte man tun? Jemanden aufs Festland schicken und um Hilfe bitten – bis die einträfe, wäre alles längst zu spät. Die Frauen nahmen die Sache in ihre Hände. Sie rotteten sich zusammen, trugen Korngabeln, Dreschflegel und was sich an Küchengeräten nur finden ließ. Solcherart bewaffnet traten sie dem Feind gegenüber. Der lachte über die Weiber und ihre komischen Waffen. Sie rannten gegen die Männer an und waren so wild, schlugen auf die dreisten Kerle ein und trieben sie ins Meer zurück.« Sinje griff nach ihrem Weinglas und nahm einen Schluck.

»Das war alles?«

»In Westerland Föhr ist ganz Ähnliches passiert. Der Geist dieser Frauen herrscht immer noch vor. Mit den Föhrerinnen treibt man besser keine Scherze.«

»Da habe ich wohl gerade noch einmal Glück gehabt, dass du mir heute nicht mit einem Dreschflegel in der

Hand gegenübergetreten bist, sondern die Sache mit dem Fahrrad ausgetragen hast.«

Sie lachten beide, und Sinje wusste nicht zu sagen, wie es dazu kam, aber auf einmal lag seine Hand auf ihrer. Marcus schaute ihr in die Augen. Sie wartete einen Moment, bevor sie ihre wegzog.

# Kapitel 3

Das Fenster seines Pensionszimmers stand offen, und der Seewind bauschte die Gardine. Auf dem Tisch davor surrte leise der Lüfter des Notebooks, und das war auch das einzige Geräusch im Raum. Marcus' Finger schwebten über der Tastatur.

Er hatte ein Dokument angelegt »Reiseführer Föhr – erste Notizen«. Bisher hatte er geschrieben »Was Sie unbedingt über Föhr wissen sollten, bevor Sie einen Fuß an Land setzen«. Jetzt überlegte er und sah dabei zu, wie sich die Gardine um einen kerzenlosen Kerzenständer auf dem Fensterbrett wickelte. Er wartete darauf, dass die nächste Brise – von einer Böe zu sprechen, wäre bei diesem Lüftchen vermessen – ihn herunterreißen würde. Aber der Wind auf Föhr vollbrachte Erstaunliches: Die Gardine ließ den Kerzenständer so sanft wieder los, wie sie ihn vorher umschlungen hatte. Passte das als Aufhänger für sein Buch? Ließ sich darum herum ein Kapitel konstruieren? Eigentlich war es zu sanft für einen Text der Reihe »Urlaubsorten aufs Maul geschaut – was erwartet Sie wirklich in …« Besser war da die Geschichte über die Föhrer Frauen, die Sinje ihm so arglos erzählt hatte.

Aufpassen musste der Besucher der karibischen Insel in der Nordsee. Bevor er im Hafen dreimal auf den Kai gespuckt hatte, stand ihm eine Meute Frauen in Tracht und mit Dreschflegeln in den Händen gegenüber. Sie johlten, und sie pfiffen, dass die Krone der Schöpfung nicht wissen konnte, ob die Weiber wild auf ein paar Hosen waren – im Sommer war die Insel nämlich herrenlos, da die Föhrer Männlichkeit zur See fuhr – oder ob sie die Eindringlinge vertreiben wollten. Man musste jedenfalls auf alles gefasst sein.

Seine Finger flogen blind über die Tastatur, und seine Augäpfel brannten. Das einzige Licht im Raum stammte vom Bildschirm. Das war nicht gut für die Augen, er wusste das, aber es gefiel ihm, in einem Kokon aus Dunkelheit zu sitzen und seine Texte zu spinnen.

Was er eben geschrieben hatte, war vielleicht zu frauenfeindlich – das konnte er später abmildern. In dieser Reihe waren bereits einige Reiseführer erschienen. Um sich auf seine Arbeit einzustimmen, hatte er einen über die Sächsische Schweiz gelesen und sich köstlich amüsiert. Das Buch verkaufe sich, laut Aussage seines Agenten, wie geschnitten Brot, der Tourismusverband der Sächsischen Schweiz soll allerdings vom Erscheinen nicht begeistert gewesen sein. Sie hatten etwas von »Einbruch im Tourismusgeschäft« und »Tieren im Zoo« lamentiert.

Sinje schien ihm eine ergiebige Quelle zu sein, bestimmt hatte sie noch mehr Geschichten auf Lager. Trotz ihres schlechten Starts schien sie für ihn empfänglich zu sein – oder gerade deswegen. Die Insel hatte sicher mehr Kuriositäten zu bieten als wütende Weiber in der Vergangenheit und kitschige Kliffs im Mondschein, Kühe und Schafe zuhauf und einen Rundweg, der in die Beine ging. Etwas ließ sich immer finden, man musste nur lange genug graben. Diese alte Journalistenweisheit hatte noch nie versagt.

»Junge, da geht was, mit Föhrs einziger Krabbenfischerin«, sagte er sich. Das klang herrlich doppeldeutig.

Föhrs einzige Krabbenfischerin – das wäre doch auch eine Geschichte für den Reiseführer. Was sagte das über die Insulanerinnen aus, wenn es sie danach drängte, auf einem dreckigen Kutter zu fahren, stinkende Krabben aus dem Meer zu ziehen und sie anschließend in Salzwasser zu kochen, damit sie sich in eine Delikatesse verwandelten? Eine Delikatesse, die ihren Preis hatte und bei der der Durchschnittstourist arm wurde, wenn er sich davon mehr als eine Handvoll leisten wollte.

Das war gut. Marcus' Finger flogen über die Tasten. Bedenken kamen ihm nicht. Er überhörte sogar, wie der Kerzenständer unter einem erneuten Ansturm von Wind und Gardine zu Boden fiel.

Sinje schlenderte in Wyk über den Sandwall, die Promenade des Ortes. Auf der einen Seite glitzerte das Meer im Sonnenlicht, und der Strand war von Sonnenhungrigen bevölkert, auf der anderen Seite lockten kleine Geschäfte ihre Kunden an, indem sie Ständer und Kisten mit Sonderangeboten vor die Ladentüren gestellt hatten. Sinje ließ sich von den Angeboten vor den Boutiquen locken, schob Kleiderbügel von einem Ende der Stange zum anderen und musterte die Röcke, Shirts, Blusen und Hosen. Manchmal nahm sie einen Bügel von der Stange, hielt sich das Kleidungsstück an und schaute an sich herunter.

Es gab Sachen, die ihr gefielen, wenn sie aber einen unauffälligen Blick auf den Preis warf, hing sie alles schnell wieder zurück. Selbst die Sonderangebote kosteten alle um die hundert Euro, manche auch darüber. Je weniger Stoff sie zu haben schienen, desto teurer waren sie.

Wer sollte das kaufen? Bestimmt nicht eine Krabbenfischerin wie sie. Bevor sie ihren Einkaufsbummel begonnen hatte, hatte sie sich gefreut, in modischen Teilen zu stöbern, vielleicht eine Hose und ein Shirt für sich zu finden oder eine Tunika, die sie über einer Leggings tragen konnte. Je länger sie allerdings suchte, desto mehr schwand ihre gute Laune dahin. Am Ende würde sie mit leeren Händen nach Hause gehen und für das nächste Treffen mit Marcus wieder das blaue Kleid mit den kleinen, weißen Blumen anziehen müssen.

Sie nahm ein zartgrünes Etuikleid aus changierender Wildseite vom Ständer und hielt es sich an.

»Das würde Ihnen sehr gut stehen«, sagte die Inhaberin des Geschäfts, die sie vom Inneren aus beobachtet hatte. »Wollen Sie es anprobieren?« Die sorgfältig frisierte und in Weiß und Braun gekleidete Frau war näher gekommen und wies einladend auf eine Umkleidekabine in der Mitte ihres Ladenlokals.

»Ach, ich weiß nicht.« Sinje betrachtete zweifelnd das Kleid und versuchte unauffällig einen Blick auf das Preisschild zu erhaschen. Nichts zu machen, der Zettel lugte zwar aus einem Ärmelausschnitt heraus, hing jedoch hartnäckig falsch herum.

»Diese Farbe ist wie für Sie gemacht. Es sieht toll aus zu brauner Haut und blondem Haar. Ich kann damit leider nicht dienen.« Sie streckte ihren Arm aus, auf dem nicht mehr als ein bronzefarbener Hauch zu erkennen war.

»Ich arbeite viel im Freien«, antwortete Sinje.

»Sie sind zu beneiden. Wenn ich aus dem Laden komme, bleibt für mich die Buchhaltung und die Hausarbeit.« Die Frau schüttelte den Kopf und lächelte gewinnend. »Ich habe es mir selbst so ausgesucht. Das Kleid ist genau das Richtige für eine schlanke Frau, es betont die richtigen Stellen, ohne aufdringlich zu wirken. Nie hat Audrey Hepburn aufregender ausgesehen als in genau so einem Kleid.«

»Es ist wirklich schön. Die Farbe gefällt mir und auch der Stoff.« Sinje ließ die Linke über die Seide gleiten. So etwas Edles hatte sie lange nicht mehr in der Hand gehabt.

»Probieren Sie es doch an. Und wenn es nur ist, damit ich sehen kann, wie wunderbar es Ihnen steht.«

Sie konnte nicht länger widerstehen und ging mit dem Kleid über dem Arm in die Umkleidekabine. Dort schaffte sie es, einen Blick auf das Preisschild zu werfen: 130 Euro, runtergesetzt von 230 Euro. Völlig ausgeschlossen, dass sie sich so etwas leistete.

Anprobieren konnte sie es ja mal, das bedeutete noch lange nicht, es auch zu kaufen. Sie schlüpfte aus Hose und T-Shirt und in das Kleid hinein. Die Boutiquenbesitzerin hatte recht: Farbe und Schnitt standen ihr. Sie sah damit zwar nicht aus wie Audrey Hepburn in »Frühstück bei Tiffany«, so schlank war sie schließlich nicht, aber es stimmte: Das Kleid betonte die richtigen Stellen, ohne aufdringlich zu sein. Sie drehte sich vor dem Spiegel hin und her.

»Kommen Sie zurecht?«, wurde sie gefragt. »Ich habe hier noch eine Kette aus Holzperlen, die dazu sehr gut aussehen würde.« Eine Hand mit einer Kette streckte sich durch den Vorhang.

Sinje konnte kaum etwas anderes tun, als sie der Boutiquenbesitzerin abzunehmen und sich um den Hals zu legen. Die Perlen waren groß, grün eingefärbt und ungewöhnlich gemasert. Sie sahen gut aus zu dem Kleid, würden das Ganze aber noch einmal um vierzig Euro verteuern.

Ein letztes Mal schaute Sinje in den Spiegel, bevor sie den Vorhang zurückzog und aus der Umkleidekabine trat.

»Ich habe es gewusst.« Die Frau schlug die Hände vor dem Gesicht zusammen. Eine reichlich theatralische Geste. »Es ist für Sie gemacht. Genau Sie muss der Modeschöpfer vor Augen gehabt haben, als er es entwarf.«

Sinje betrachtete sich vor einem großen Standspiegel in voller Körpergröße. Sie drehte sich hin und her.

Ob der Modeschöpfer gerade an sie gedacht hatte, ließ sich nicht sagen, aber der Boutiquenbesitzerin musste sie recht geben: Das Kleid stand ihr. Der Preis nagte jedoch an ihren Gedanken. 130 Euro, das waren beinahe dreimal so viel wie die fünfzig Euro, die sie sich für den Einkaufsbummel gestattet hatte.

»Mach es einfach. Das Kleid musst du haben«, würde Keike sagen. Ihre anderen Freundinnen auch.

Die hatten auch alle ein regelmäßiges Einkommen oder Männer mit einem solchen. Keiner saß die Bank im Nacken, und niemand hatte so wenig Gelegenheit, so ein Kleid zu tragen wie sie. Eine Krabbenfischerin im Etuikleid – lächerlich. Sinje strich noch einmal über den Stoff.

Die Boutiquebesitzerin schien zu ahnen, welche Gedanken ihr durch den Kopf gingen. »Ich kann Ihnen das Kleid auch für 110 Euro lassen, mit der Kette zusammen für 140 Euro.«

»Ich weiß nicht so recht. Wann soll ich das Kleid anziehen?« Sinje drehte sich noch einmal vor dem Spiegel. »Es ist so vornehm.«

»Dann ist es die Gelegenheit für den Mann Ihres Herzens, Sie öfter zum Essen auszuführen. Lassen Sie sich zum Geburtstag einen Wochenendtrip nach Hamburg schenken.«

»Mein Geburtstag ist im November, und den passenden Mann bräuchte ich auch dafür.«

»Der kommt. Bei so einem tollen Kleid kann es gar nicht anders sein.«

Sinje musste lachen, schüttelte aber den Kopf. »Ich überlege es mir noch mal. Vielen Dank.«

Sie verschwand in der Umkleidekabine und zog sich um. Dann gab sie der Besitzerin Kleid und Kette zurück und verabschiedete sich.

»Du musst auch mal unvernünftig sein und das Leben genießen«, würde Keike schimpfen, wenn sie ihr das erzählte. Sie hatte die Worte genau im Ohr, als sie die Boutique verließ. Aber sie hatte eine fünfzehnjährige Tochter, für die sie verantwortlich war, da konnte sie sich Unvernunft nicht leisten.

Sinje ging weiter, schaute bei Orsay rein. Das Warenangebot war in ihrem Preissegment, aber nichts konnte es auch nur annähernd mit dem Seidenkleid aufnehmen. Gesenkten Kopfes verließ sie den Laden wieder.

Draußen trat jemand auf sie zu. »Hallo Sinje, welch ein Zufall, dass ich dich treffe.«

Sören Dabinski stand vor ihr. Das Haar hatte er mit Gel zurückgekämmt, zum Jackett trug er eine Fliege, und sein Gesichtsausdruck war unübersehbar selbstgefällig. Er war der Letzte, den sie sehen wollte. Am liebsten wäre sie kommentarlos an ihm vorbeigegangen, aber er sah aus, als wollte er sich ihr in den Weg stellen.

»Hallo, Sören«, antwortete sie und kreuzte die Arme vor der Brust. »Hast du gerade Mittagspause?«

»Ich habe Feierabend. Heute ist Mittwoch, da ist die Bank nachmittags geschlossen.«

»Ich dachte, da machst du andere Arbeit als Schalterdienst.«

»Heute nicht. Zum Glück muss ich wohl sagen, denn sonst hätte ich dich nicht getroffen. Kann ich dich zu irgendetwas einladen?«

Etwas an seinen Worten und der Art, wie er sie betonte, sagte ihr, dass er log. Er war ihr nicht zufällig begegnet, sondern hatte ihr aufgelauert. Er wirkte zu selbstgefällig.

»Kein Interesse.« Es fiel ihr nicht leicht, so schroff zu sein. Sie besaß von Natur aus ein freundliches Gemüt, und wenn sie eine Einladung ablehnte, griff sie eher zu einer Notlüge, als ihre Meinung rundheraus zu sagen. Sie fühlte jedoch, dass sie bei Sören damit nicht zum Ziel käme.

Er sah auch nicht so aus, als hätte er ihre Worte gehört. »Hast du dir mein Angebot überlegt? Wir können alles bei einem Kaffee besprechen.«

»Da gibt es nichts zu überlegen. Ich werde nicht mit dir ausgehen. Frage mich nie mehr.«

»Dann ist es wohl nicht so klug, einen Einkaufsbummel zu machen und in teuren Boutiquen zu stöbern. Du solltest dein Geld lieber zusammenhalten, damit du die nächste Rate bezahlen kannst.«

Er hatte sie beobachtet, eben hatte er es zugegeben. Die Wut sprang mit der Gewalt eines knurrenden Rottweilers in ihre Gedanken. »Die Bank wird ihr Geld bekommen«, zischte sie. »Lass mich einfach in Ruhe, Flüchtlingskind.«

Sie nannte ihn bei dem Schimpfnamen, mit dem die Kinder ihn früher in der Schule bedacht hatten, und sah ihn zusammenzucken, bevor sie sich umdrehte und davonstürmte, geradewegs in die Boutique hinein.

»Ich habe es mir überlegt, ich nehme das Kleid doch.« Sinje legte 110 Euro auf die Theke und nahm das Wildseidenkleid in einer edel bedruckten Tüte in Empfang.

Am nächsten Tag kehrte Sinje am späten Nachmittag mit der »Tru Deern« in den Wyker Hafen zurück. Die Kisten in der Kühlung waren voll gekochter Krabben, und neben dem Verkaufsstand am Kai wartete bereits eine ansehnliche Schlange. Sie hatte den Blaumann schon gegen eine knielange Jeans und ein rotes T-Shirt getauscht. Der alte Jan, der mit ihr zusammen rausfuhr, trug noch seine Arbeitskleidung, er hatte nur das Oberteil seines Overalls abgestreift – es schlackerte ihm um die Hüfte – und zeigte der Welt neben gebräunter Haut ein Feinrippunterhemd. Er hätte längst in Rente gehen können, schon als Arfst noch gelebt hatte, aber er hatte nie geheiratet und den ganzen Tag zu Hause zu sein, war ihm zu langweilig. Deshalb fuhr er weiter auf der »Tru Deern«, und Sinje war froh über die mehr als fünfzig Jahre Erfahrung, auf die er zurückblickte.

Mit sicherer Hand steuerte er den Kutter in den Hafen. Zwischen den wartenden Menschen auf dem Kai entdeckte sie Marcus. Er sah wieder aus wie der typische Hobbysegler. Jetzt hatte er sie auch gesehen und winkte ihr zu. Verhalten erwiderte sie seinen Gruß. Jan konnte man nichts vormachen, er hatte sie genau beobachtet und grinste sie durch die nicht ganz sauberen Scheiben des Steuerhauses an. Dabei entblößte er einen fehlenden Schneidezahn.

Sinje sprang auf den Kai und vertäute den Kutter an Bug und Heck. Sie vermied es sorgfältig, sich nach Marcus umzuschauen. Sie wusste auch so, dass er auf sie zukam.

»Ich wollte dich abholen.«

»Woher weiß du, wann ich ankomme?«

»Immer misstrauisch, die Föhrer Frauen. Deine Schwester hat es mir verraten. Du musst mir noch mehr über die Insel und ihre Menschen erzählen. Ich habe längst nicht genug erfahren für meinen Reiseführer.«

»Dazu habe ich keine Zeit. Ich muss Krabben verkaufen. Die Leute warten darauf, und dann muss ich verschiedene Restaurants und Hotels beliefern.« Sie zeigte auf die Leute, die neben dem kleinen Karren mit dem Schild »Krabben täglich fangfrisch ab 16.00 Uhr von Krabbenfischerin Sinje Laugesen« warteten. Dabei war sie sich Jans Blicken in ihrem Rücken sehr bewusst.

Er wuchtete das Fallreep über die Reling und zerrte die erste gekühlte Kiste Krabben von Bord. »Goh mol, Chefin«, sagte er dabei augenzwinkernd. »Dat mok ik hüt.«

»Ich lasse dich mit der ganzen Arbeit nicht allein.«

»Habe ich früher geschafft, schaffe ich heute auch.« Der alte Mann hatte nie unnötige Worte gemacht und begann, den ersten wartenden Kunden zu bedienen.

»Keine Ausrede mehr, Frau Krabbenfischerin.« Marcus grinste sie an. Er sah aus, als wüsste er nicht, ob er ihr die Hand entgegenstrecken oder es lieber bleiben lassen sollte. Schließlich entschied er sich für ein Mitteldinq und berührte sie kurz am Ellenbogen.

Da hatte sie das schöne Kleid gekauft und stand nun in ihren alten Sachen da. Sie schaute an sich herunter. Ihre Leinenschuhe hatten wirklich bessere Tage gesehen, und ihre Hose hatte einen Fleck auf dem rechten Knie.

»Ich lasse keine Ausrede gelten«, sagte Marcus, der ihre Gedanken erraten hatte. »Du siehst hübsch aus.«

Sie fuhr sich durch die Haare und schüttelte die Locken aus.

»Wech mit di, Chefin«, rief Jan ihr zu und reichte einem Kunden einen Beutel Krabben.

Sinje gab ihren Widerstand auf und stieg in Marcus' Sportwagen. Er raste davon. Ihr Haar wehte im Wind. Sie genoss den Luxus eines Cabrios.

»Ich soll dir was erzählen?«

»Über die Insel, genau. Deine Schwester hat mich überzeugt, dass es niemanden gibt, der mehr darüber weiß als du. Nur nicht wieder so alte Geschichten über wilde Föhrer Weiber.« Er lächelte sie gewinnend an und verringerte das Tempo.

»Ich kann dir etwas über die Riesen von St. Laurentii erzählen.«

»Auch nicht so was.« Marcus verdrehte die Augen. Mit einem Seitenblick auf Sinje fügte er schnell hinzu: »Das ist sicher hochinteressant, aber meine Leser wollen nicht nur alte Legenden im Reiseführer finden, sondern etwas über das Föhr, was sie mit ihren eigenen Sinnen erfahren können.«

»Bei der Kirche gibt es zwei große Wälle, sie werden Riesenbetten genannt. Dort sind die Riesen von St. Laurentii begraben. Diese Wälle kann man mit allen Sinnen erfahren, aber ich verstehe schon, was du meinst. Fahr Richtung Oevenum.«

Von dort aus dirigierte Sinje ihn auf schmalen Feldwegen, auf denen ihnen nur Radfahrer und landwirtschaftlicher Verkehr entgegenkamen, in den kaum besiedelten Norden der Insel. Der Weg endete an einem Gatter. Danach befand sich in einiger Entfernung ein Wäldchen, und auf der Wiese davor weideten wieder die unvermeidlichen Schafe. Sinje stieg aus und machte sich daran, über das Gatter zu steigen.

»Was wird das?«, fragte Marcus misstrauisch.

»Ich klettere hinüber. Was ich dir zeigen will, befindet sich auf der anderen Seite.«

»In Hamburg bedeutet so ein Gatter, dass das, was dahinterliegt, nicht zugänglich ist.«

»Das gilt für Touristen, du bist mit einem Föhrer Weib unterwegs.« Sie lächelte, stieß sich vom Gatter ab und landete sicher auf dem Boden. »Bangbüx. Hast du als Kind nie was Verbotenes getan?«

Ihre Rechnung ging auf. So etwas konnte ein Mann sich nicht sagen lassen, Marcus stieg hinüber und stand gleich darauf neben ihr.

»Was willst du mir zeigen?«

»Die ›Oevenumer Alte Vogelkoje‹. Die älteste auf der Insel, errichtet um 1730 und immer noch in Betrieb.«

Die Vogelkoje lag inmitten des Wäldchens und bestand aus einem Teich, dessen Uferlinie zu gleichmäßig war, als dass er natürlichen Ursprungs sein konnte. An jeder der vier Ecken des Teiches gab es immer schmaler werdende Tunnel aus Draht, die schließlich in Reusen endeten. Auf dem Wasser schwammen eine Handvoll Enten und erfreuten sich ihres Daseins. Die Eingänge in die Tunnel waren verschlossen.

Marcus sah sich mit gerunzelter Stirn um. »Ich weiß ja, was eine Koje ist, aber unter diesem Gebilde kann ich mir nichts vorstellen. Es ist schön, dass für die Enten ein Teich angelegt wurde, aber warum soll ich mir das ansehen?«

Sein ratloses Gesicht machte ihr Spaß. So was kannte ein Stadtmensch eben nicht. »Das ist eine Anlage zum Vogelfang.«

»Hier werden Vögel gefangen? Diese armen, kleinen, gefiederten Wesen, die sich nicht wehren können. Es reicht also nicht, dass in Ägypten jedes Jahr Millionen Singvögel ihr Leben lassen müssen. Von einer deutschen Ferieninsel hätte ich das nicht gedacht.«

»Wildenten werden hier gefangen. Will der Herr Großstadtjournalist eine auf seinem Teller haben, muss sie vorher gefangen werden, und das Genick muss ihr umgedreht werden. Oder denkt der Herr Großstadtjournalist, die Vögel fliegen gerupft, ausgenommen und gewürzt in die Pfanne, damit sie nur noch gebraten werden müssen? Du isst doch Wildente?«

»Ja«, gab Marcus zu. »Hirsche und Wildschweine werden längst für den Verzehr gezüchtet. Ich dachte, das wäre bei Enten auch so.«

»Mitnichten. Wildenten sind Zugvögel, die lassen sich nicht züchten.«

»Okay, ich komme aus der Großstadt und habe vom wilden Leben auf dem Land keine Ahnung. Also wie funktioniert nun diese Vogelkoje?«

»Ich erzähle es dir nicht, wenn du es nicht wissen willst. Wie alle anderen Touristen kannst du die Vogelkoje bei Boldixum besuchen und dir von den Leuten vom

BUND erklären lassen, wie sie funktioniert hat.« Sinje war nicht wirklich beleidigt über seine Reaktion, sie hatte so etwas erwartet. Die meisten Leute kannten schließlich Geflügel nur in der Tiefkühltruhe und Essen nur abgepackt aus dem Supermarkt. Wenn sie ehrlich mit sich selber war, erging es ihr mit dem Federvieh nicht anders, aber von ihrem Schwager Bendix wusste sie über die Kojen Bescheid. Sein Großvater und sein Vater hatten einst mit genau dieser Koje Wildenten gefangen.

»Ich will es wissen. Wirklich.« Marcus raufte sich die Haare. »Himmel, mir scheint, das Wesen der Insel zu erfassen ist schwieriger, als ich gedacht habe. Ein paar Geschichten abgreifen, damit ich etwas schreiben kann, was nicht schon in jedem Reiseführer steht, scheint mir nicht so einfach.« Er schaute auf sie herab, und seine dunklen Augen hielten ihren Blick fest, als wollten sie ihn nie wieder loslassen.

Sinje hatte das Gefühl, in ihnen zu ertrinken, und fand es sehr schwierig, sich auf das zu konzentrieren, was sie sagen wollte. »Eigentlich habe ich dich nur hergeführt, weil du mich auf dem Kai überrascht hast, und ich … na ja … weil ich eben …« Sie brach ab. Wie sollte frau einem Mann, den sie erst zum dritten Mal sah, erklären, dass sie sich ein sündhaft teures Kleid gekauft hatte und nun daran knabberte, weil sie sich ihm darin nicht zeigen konnte?

Marcus legte ihr eine Hand ins Kreuz und schob sie sanft zu einer Bank, die am Ufer des künstlichen Teichs stand. Sie ließ sich von ihm dirigieren, als hätte sie keinen eigenen Willen. Er setzte sich dicht neben sie auf die Bank.

»Eins musst du mir versprechen, Sinje. Sage mir immer, was du denkst.« Er umfasste ihr Kinn und drehte ihr Gesicht zu sich herum.

Sie spürte, wie ihr das Blut in die Wangen schoss, und abwechselnd wurde ihr heiß und kalt. Er war ihr so nah. Vorsichtshalber rutschte sie ans andere Ende der Bank.

»Ich werde dir lieber erzählen, wie so eine Vogelkoje funktioniert.«

Sie berichtete ihm, dass auf dem Teich zahme Enten gehalten wurden, um ihre wilden Artgenossen anzulocken. In den Pfeifen genannten Tunneln mit den Reusen am Ende wurde Futter ausgelegt und die Enten hineingelockt. Waren sie erst einmal in den Reusen angelangt, gab es für sie kein Zurück mehr. Die zahmen Enten gingen dem Kojenwärter natürlich auch ins Netz, aber sie wurden wieder auf den Teich gesetzt und die anderen getötet. Heute wurde die Vogelkoje kaum noch genutzt, die Tunnel waren die meiste Zeit verschlossen. Manchmal wurden einige Tiere gefangen, um sie auf Krankheiten zu untersuchen oder sie zu beringen.

»In den besten Jahren«, schloss Sinje, »soll diese Koje über zwölftausend Enten im Jahr gebracht haben. Außer auf Föhr gab es auch auf Sylt Vogelkojen. Wir waren also nicht die einzigen Vogelmörder.«

Danach bestand sie darauf, nach Hause zu müssen.

Marcus hatte Sinje in Nieblum abgesetzt und beobachtet, wie sie in einem der hübschen reetgedeckten Häuser, die als Kapitänshäuser bekannt waren, verschwand. Zuletzt hatte er ihr noch das Versprechen abgerungen, einen Tag mit ihr auf dem Krabbenkutter rauszufahren. Übermorgen sollte es so weit sein. Wenn sie mit ihm an Bord nur die Hälfte fing, weil er von nichts eine Ahnung hatte, mache das auch nichts, hatte sie ihm zum Schluss erklärt. Ein paar Krabben müsse sie ja im Meer lassen, damit es auch im nächsten Jahr noch Arbeit für sie gab. Das war typisch Sinje Laugesen, Föhrs einzige Krabbenfischerin. Ihre Miene hatte dabei aber nicht so fröhlich ausgesehen, wie ihre Worte geklungen hatten. Er fühlte den Drang, sie zu beschützen. Was Föhrs einzige Krabbenfischerin dazu wohl zu sagen hätte?

Marcus wendete den Wagen und fuhr in seine Pension.

Mit der Geschichte über die Vogelkoje hatte sie ihm gutes Material für sein Buch geliefert. »Wie sich die raubeinigen Föhrer und ihre Kollegen von der Nachbarinsel mit Nahrung versorgten. Verspüren sie Heißhunger auf eine Ente, nehmen sie eine der vier Vogelkojen auf ihrer paradiesischen Insel wieder in Betrieb. Welcher arglose Besucher weiß da schon, was auf seinem Teller landet?« Merkwürdigerweise verspürte er nicht die geringste Lust, etwas dergleichen aufzuschreiben.

»Leg die Frau flach und mach dich an die Arbeit«, hätte sein Agent zu ihm gesagt.

Als ob alles immer so einfach wäre.

Beim Frühstück in der Pension servierte ihm ein Mädchen mit langen Beinen und einem wippenden Pferdeschwanz den Kaffee. Er war um kurz vor zehn Uhr der einzige Gast im Frühstücksraum. Das Mädchen war eines der beiden jungen Dinger, die ihm am ersten Tag in Nieblum entgegengekommen waren und unentwegt gekichert hatten. Ihrer Miene sah er an, dass auch sie ihn wiedererkannt hatte. Nachdem sie ihm den schwarzen Muntermacher eingeschenkt hatte, blieb sie neben seinem Tisch stehen. Verwundert schaute er sie an.

»Sie sind doch Herr Bamberg aus Hamburg, der gekommen ist, um über Föhr ein Buch zu schreiben?«

»Der bin ich. Für Autogramme ist es aber noch ein bisschen früh.« Kaum hatte er die Worte ausgesprochen, merkte er selbst, wie lahm sein Witz klang.

Das Mädchen hatte die Mundwinkel auch nicht um einen Millimeter verzogen.

»Was wollen Sie, junge Dame?« Er hatte überlegt, ob er sie mit Du oder Sie ansprechen sollte und sich vorerst für Letzteres entschieden. Bei den Teenies von heute konnte man nie schätzen, wie alt sie wirklich waren. Diese konnte dreizehn oder achtzehn sein.

»Sie lassen sich von meiner Mum die Insel zeigen, um für Ihr Buch zu recherchieren.«

Immer noch verzog sie keine Miene: Wenn das Sinje Laugesens Tochter war, hatte sie neben ihrer Mutter im Wagen gesessen bei ihrem ersten unglücklichen Zusammentreffen. Er wartete ab, was sie ihm mitzuteilen hatte.

»Nutzen Sie die Freundlichkeit meiner Mum nicht aus. Das ist alles, was ich Ihnen sagen will.«

Sie drehte sich um und entfernte sich von seinem Tisch. In weichen Wellen schwang ihr Haar beinahe bis zum Po. Für seinen Geschmack zu lang. Was bei ihr zu viel war, fehlte ihrer Mutter.

»Was soll das werden, Mädchen?« Er wechselte übergangslos zum vertraulichen Du.

»Ich habe es doch gesagt.« Sie blieb stehen und wandte sich um.

»Wofür hältst du mich? Für einen durchtriebenen Idioten.«

»Das sind Ihre Worte, nicht meine.« Sie wusste schlagfertig zu antworten – wie ihre Mutter. »Ich will nicht, dass Sie die Freundlichkeit meiner Mum ausnutzen. Mehr nicht.«

»Das sagtest du bereits.«

»Sie sind der Typ … äh, Mann, der im Hafen beinahe in unser Auto gefahren und dann einfach abgehauen ist. Ich weiß nicht, wie Sie es geschafft haben, dass meine Mum sich mit Ihnen abgibt, aber mich wickeln Sie nicht um den Finger.«

»Glaubst du nicht, dass deine Mutter alt genug ist, um auf sich selbst aufzupassen.«

Das Mädchen schaute trotzig auf ihn herunter. Mut hatte sie, das musste man der Kleinen lassen. So eine Tochter zu haben bedeutete eine Herausforderung. Schnell schob Marcus den Gedanken beiseite.

»Meine Mum und ich achten aufeinander. Das sollen Sie wissen.« Diesmal blieb sie nicht mehr stehen, und er sah nur noch ihren wippenden Pferdeschwanz in der Küche verschwinden.

Beim blanken Hans, worauf musste er auf dieser Insel noch alles gefasst sein, wenn schon die Töchter für ihre Mütter in den Ring sprangen? Er gestand sich aber auch ein, dass es ihm gefiel, wenn man sich so füreinander einsetzte. Seine Beziehungen mit Frauen waren immer zu kurz gewesen und nicht tief genug gegangen, um dieses Stadium zu erreichen. Kinder hatten seine Freundinnen nicht gehabt, sondern eine Karriere.

Marcus widmete sich seinem Frühstück, schlug ein Ei auf und bestrich die eine Hälfte eines ofenwarmen Brötchens dick mit Butter.

# Kapitel 4

Die Arbeit auf einem Krabbenkutter begann früh, die Sonne schob sich hinter Dagebüll eben über den Horizont, als Sinje am Kai stand und auf Marcus wartete. Jan hatte sie für heute frei gegeben, und als sie ihm das gestern sagte, hatte der alte Mann wissend gelacht und ihr »Hol di stief« gewünscht. Was sie alle hatten – Jan, ihre Schwester, sogar Inede. Sie hatte sich doch nur mit dem Mann verabredet, weil er über den Krabbenfang schreiben wollte, und wer wüsste da besser Bescheid als sie. Es konnte ihrem Geschäft nur guttun, wenn sie in einem Reiseführer erwähnt wurde. Andere Gründe hatte sie nicht.

Sie schaute auf die Uhr. Marcus verspätete sich. Der Herr Großstadtjournalist kam offenbar nicht so gut aus dem Bett. Gerade in diesem Moment kam er in den Hafen gerast und stellte seinen Mercedes auf einem Kurzzeitparkplatz ab. Nach einem Blick auf die Parkuhr zuckte er mit den Schultern. Diesmal sah er nicht aus wie ein Segler, sondern trug eine ausgefranste Jeans und einen Kapuzenpulli, an den Füßen Turnschuhe. Angemessen für einen Tag auf dem Krabbenkutter.

Er umarmte sie flüchtig und hauchte ihr Küsse auf beide Wangen. »Habe ich den Test bestanden?«

»Welchen Test?«

»Ich weiß es auch nicht, aber du hast mich so kritisch angeschaut, dass ich mich gefühlt habe wie ein Schüler in der mündlichen Abiprüfung. Ist es mein Aufzug? Nicht alt genug?«

Sinje fühlte sich ertappt. »Das geht schon.«

Sie ließ ihn auf die »Tru Deern« vorangehen, während sie selbst die Taue löste, die das Schiff an Bug und Heck hielten. Danach sprang sie mit einem Satz auf Deck.

»Bist du schon mal auf einem Schiff gefahren, ohne nur Passagier zu sein?«

»Als Kind bin ich mal gesegelt. Das ist lange her, und wahrscheinlich habe ich alles vergessen. Steuerbord ist rechts und Backbord links, aber die Sache mit Lee und Luv kriege ich nicht mehr hin.«

»Es reicht, wenn du einfach machst, was ich sage. Auf einem Schiff muss einer das Sagen haben, und auf der ›Tru Deern‹ bin ich das.«

»Aye, aye, Käpt'n.« Marcus salutierte grinsend.

Sie legten ab, verließen den Hafen, umrundeten Amrum und befanden sich auf der offenen Nordsee. Marcus stand neben Sinje im Steuerhaus und beobachtete, wie sie an dem kleinen Ruder drehte.

»Ich hatte immer gedacht, moderne Schiffe haben einen Steuerknüppel wie bei einem Flugzeug und dass es da auch aussehen würde wie im Cockpit eines solchen.«

»Die ›Tru Deern‹ ist kein moderner Kutter. Nur das Fanggeschirr ist neu. Arfst hat es in dem Jahr angeschafft, in dem er verunglückt ist. Ich habe vor zwei Jahren neue Netze und Gitter angeschafft, die den Beifang reduzieren sollen. An der Kühlanlage musste ich auch was erneuern lassen.« Einen Augenblick war Sinje versucht, von den Schulden bei der Bank zu erzählen, die sie deswegen hatte. Sie biss sich auf die Lippe. Es entsprach nicht ihrem Wesen, anderen ihre Sorgen auf die Nase zu binden. Üblicherweise kam sie nicht mal auf die Idee.

Sie drosselte vor Sylt den Motor und zwängte sich an Marcus vorbei aufs Deck, ging nach hinten, um die Netze für den ersten Gang bereitzumachen. Tausendmal hatte sie die Handgriffe ausgeführt: das Einhaken der Kurren in die Bäume. Sie rüttelte an den Gittern und überprüfte, ob die Netze nicht verheddert waren, damit sie sich unter Wasser gut entfalteten. Mit einem Ruck setzte sich die Hydraulik in Bewegung und schwenkte das Fanggeschirr über Bord, nachdem sie einen Knopf gedrückt hatte. Sie zog an einem Hebel, und die Ausleger wurden nach unten gefahren.

»Hier leben also Krabben? Woher weißt du das?« Marcus stellte sich neben sie und beobachtete mit ihr gemeinsam, wie die Netze unter der Wasseroberfläche verschwanden.

»Man sieht es am Wasser und an den Wellen. Erkennst du, dass das Meer dahinten anders aussieht? Da gibt es keine Krabben.«

Marcus schaute mit zusammengekniffenen Augen hin, er beschirmte sie sogar mit einer Hand. Schließlich schüttelte er den Kopf. »Ich sehe keinen Unterschied.«

»Dafür muss man Krabbenfischer oder Krabbenfischerin sein.«

»Woran erkennst du es?«

»An der Farbe des Wassers.«

»Die ist überall gleich.«

»Das Meer hat tausend verschiedene Schattierungen.«

Marcus musterte das Wasser und die Wellen rund um den Kutter. Sinje ging inzwischen zum Ruderhaus zurück. Sie nahm kleine Fahrt auf und zog die Netze langsam über den Meeresgrund. Dabei lachte sie in sich hinein. Marcus schaute immer noch ins Meer.

Endlich drehte er sich zu ihr um. Er sah aus wie ein verwegener Seebär, von der Sonne gebräunt und mit Wind im Haar.

»Ich sehe keinen Unterschied«, rief er ihr zu.

»Da gibt es auch keinen«, schrie sie fröhlich zurück. »Ich habe dich aufs Glatteis geführt. Man kann die Netze überall über den Boden ziehen und fängt mehr oder weniger Krabben. Hier vor Sylt habe ich häufig Glück.«

»Du hast mich an der Nase herumgeführt. Na warte.« Mit langen Schritten kam Marcus auf das Ruderhaus zu.

Sie hob die Hände. »Wir müssen arbeiten.«

»Wir fahren langsam im Kreis herum, bis die Netze voll sind. Solange ist Zeit – für das.« Er umarmte sie und suchte ihre Lippen. »Das wollte ich machen, seit wir uns das letzte Mal gesehen haben.«

Sinje war zu überrascht, um zu reagieren, und dann übernahmen ihre Gefühle die Vormacht über ihren Verstand. Sie gab sich dem Kuss hin, und ihre Knie wurden weich, sie musste sich an Marcus anlehnen. Danach waren sie nur noch miteinander beschäftigt, während die »Tru Deern« auf einem voreingestellten Kreiskurs ihre Runden drehte.

»Besonders viel werden wir wohl nicht fangen, wenn wir das Netz immer über dieselben Stellen ziehen«, murmelte Marcus irgendwann.

»Die Krabben!« Sinje löste sich aus seinen Armen. »Wir hätten die Netze längst hochholen müssen.«

Sie stürzte aus dem Ruderhaus, betätigte den entsprechenden Hebel, und die Hydraulik zog ächzend und quälend langsam die Netze aus dem Wasser. Sie waren nicht einmal zu einem Viertel gefüllt. Sinje leckte sich über die Lippen, sie spürte noch Marcus' Mund auf ihrem. Gemeinsam und immer wieder von Küssen unterbrochen sortierten sie den Beifang aus und kochten die Krabben im Salzwasser.

Sinje ließ die Netze erneut runter und steuerte die »Tru Deern« auf einen neuen Kreiskurs. Statt im Kochkessel zu rühren, stand Marcus hinter ihr und umarmte sie. Sie wies ihn nicht zurecht, sondern lehnte sich an ihn und genoss es, wie er an ihrem Ohrläppchen knabberte.

Sie hatte das Gefühl, ihn immerzu berühren zu müssen, und ihm schien es genauso zu gehen, denn sie konnten beide die Hände nicht voneinander lassen. Immer wieder küssten sie sich. Als sie am Nachmittag in den Wyker Hafen zurückkehrten, hatten sie knapp die Hälfte der Krabben gefangen, die sie sonst mit Jan anlandete, aber Sinje fühlte sich glücklich und leicht.

Gegen Abend betrat Sinje die Bauernküche ihrer Schwester. Dort duftete es gerade verlockend nach Erdbeermarmelade. Keike stand am Herd und rührte in einem großen Topf mit heißem Fruchtmus.

Ohne sich umzusehen, sagte die Schwester. »Nimm dir was zu trinken, oder noch besser, nimm einen Schaumlöffel und hilf mir.«

Sinje tat, wie geheißen, und schöpfte den Schaum aus dem Topf, der sich beim Kochen der Erdbeermarmelade bildete. Beim Marmeladekochen musste alles schnell gehen, wenn die Früchte erst einmal vier Minuten gekocht hatten, denn sie mussten möglichst heiß in Gläser gefüllt werden. Sinje half ihrer Schwester, und am Ende stand ein Dutzend Gläser auf der Arbeitsplatte zum Abkühlen. Die beiden Frauen saßen am Küchentisch, tranken Milchkaffee und stippten warme Croissants in den übriggebliebenen Erdbeerschaum. Es schmeckte köstlich, und Sinje spekulierte darauf, wenigstens ein Glas Marmelade mit nach Hause zu nehmen. Deswegen war sie jedoch nicht gekommen.

»Wie macht sich Inede?«

»Sehr gut. Sie ist arbeitswillig und sieht von selbst, wo was zu tun ist. Das ist ja wirklich selten bei Fünfzehnjährigen. Wenn sie auf der Schule mal keine Lust mehr hat, kann sie bei mir sofort anfangen.«

»Das kommt nicht in Frage. Sie soll studieren.«

»Eine Sache war trotzdem merkwürdig.« Keike biss von ihrem Croissant ab und wischte ein paar Krümel von ihrem Busen.

*Sie hatte es gewusst*, dachte Sinje. *Inede war noch zu jung, um regelmäßig zu arbeiten.* Sie wartete ab, was ihre Schwester ihr gleich sagen würde.

»Sie hat mich gefragt, ob ich den Sommer über alleinreisende Herren als Gäste habe. Sie wollte die Namen wissen und wann die Männer an- und wieder abreisen.«

»Was hast du ihr gesagt?«

»Ich habe sie gefragt, warum sie das interessiert. Ich meine, sie ist fünfzehn. Es ist ja in Ordnung, wenn sie in diesem Alter Augen für das andere Geschlecht hat. Aber doch nicht für Herren. Ist wohl besser, ich sage dir das.«

Sinje lachte auf – vor Erleichterung. Bei den ersten Worten ihrer Schwester hatte sie gedacht, es sei sonst was passiert.

»Zum Lachen finde ich das nicht gerade. Wenn meine Tochter …«

»Sie hat sich ein Projekt vorgenommen für die Ferien.«

»Was für ein Projekt? Sie hat doch Sommerferien. Merkwürdige Sachen machen die in der Schule.«

»Mit der Schule hat das nichts zu tun. Sie will mich in diesem Sommer an den Mann zu bringen.«

»Die Deern kommt auf Ideen. Obwohl – recht hat sie.« Keike schob sich das letzte Stück ihres Croissants in den Mund und kaute erst, bevor sie weitersprach: »Seit Arfsts Tod sind beinahe vier Jahre vergangen, und du bist immer noch allein. Willst du für den Rest deines Lebens einsame Abende vor dem Fernseher verleben? Wenn sich sogar Inede darüber Gedanken macht, solltest du es erst recht. Du hilfst niemandem, indem du Single bleibst. Dein Mädchen ist wirklich eine Süße, nicht vielen Kindern läge das Wohl ihrer Mutter so sehr am Herzen.«

»Sie fing schon auf der Fähre damit an, und ich habe versucht, ihr das auszureden.« Sinje zuckte mit den Schultern. »Du weißt ja, wie sie ist. Hat sie sich einmal etwas in den Kopf gesetzt, lässt sie sich kaum davon abbringen.«

»Was ist eigentlich mit dir und diesem Journalisten? Ihr steckt ziemlich oft zusammen.«

»Daran bist du schuld. Du hast uns zusammengebracht.«

»Dabei habe ich gedacht, du fährst einmal mit ihm über die Insel, das ist doch an einem Nachmittag erledigt.«

»Ein Nachmittag reicht eben nicht, um für einen Reiseführer zu recherchieren.«

»Da ist doch was zwischen euch.«

Keike schaute sie forschend an. Schnell senkte Sinje den Blick, um sich nicht zu verraten. Es war zu spät.

»Ich sehe es dir an. Du brauchst gar nicht rot zu werden. Da machen wir uns Gedanken, wie du an den Mann zu bringen bist, und du versorgst dich einfach selbst. Ich will alles darüber wissen.«

»Da gibt es nichts zu erzählen. Wir sind uns sympathisch. Es hat sich eben so ergeben. Das ist doch nichts weiter. Er kommt aus Hamburg, und in wenigen

Tagen wird er wieder dorthin zurückfahren. Ich lebe hier.«

»Werdet ihr euch wiedersehen?«

»Wir haben nicht darüber gesprochen. Ich glaube, nicht. Das ist bloß eine Urlaubssache, und das bleibt es am besten auch.«

»Du hättest schon gern, dass mehr daraus wird.«

»Ach, was«, verneinte Sinje heftiger, als nötig gewesen wäre.

»Darf ich dir einen Rat geben?

»Du gibst ihn mir sowieso, ob ich es nun will oder nicht.«

»Genieße die Zeit mit ihm und bereue nichts. Du hast ein bisschen Spaß und Abwechslung mehr als verdient. Ich werde Inede beschäftigen, damit du freie Hand hast.«

»Meine Tochter ist doch niemand, den man wegorganisieren muss«, beschwerte sie sich.

»Du weißt genau, wie ich das meine. Nimm zwei Gläser Marmelade und raus hier. Ich will dich nur noch strahlend wie eine verliebte Frau sehen.«

Das ließ Sinje sich nicht zweimal sagen – die Sache mit der Marmelade. Mit den Gläsern in der Hand ging sie nach Hause.

Es war nicht einfach, den Rat ihrer Schwester zu befolgen und immer zu lächeln. Marcus schickte sie durch ein Wechselbad der Gefühle. Erst konnte er auf der »Tru Deern« die Hände nicht von ihr lassen, dann erklärte er ihr, die nächsten beiden Tage sei er mit Arbeiten an seinem Buch beschäftigt und könne sich nicht mit ihr treffen. Am Morgen hatte er sie angerufen, er würde sie abends abholen. Ob ihr das überhaupt recht sei, hatte er nicht gefragt. Für einen Moment war Sinje versucht gewesen, ihm eine SMS zu schicken, dass sie keine Zeit habe. Sie erinnerte sich jedoch an seine Lippen auf ihren, und das Gefühl triumphierte über den Verstand.

Sie rannte aus der Haustür, kaum dass sie seinen Wagen vor dem Haus halten sah. Marcus wollte sie in den Arm nehmen und küssen, aber sie entzog sich ihm.

»Nicht hier«, flüsterte sie, obwohl sie niemand hören konnte. »Inede steht am Fenster und schaut uns zu.«

Er fuhr um die Ecke und blieb in der Haltebucht der Bushaltestelle stehen, zog Sinje an sich und küsste sie ausgiebig. Sie gab sich dem schwerelosen Gefühl hin, das der Kuss bei ihr auslöste.

»Deine Tochter hat einen ungewöhnlichen Namen«, sagte Marcus, als er den Sportwagen mit einer Hand aus Nieblum heraus Richtung Goting Kliff steuerte. Die freie Hand spielte mit ihrem Haar.

»Inede ist friesisch. Sie ist nach ihrer Großmutter benannt, nach Arfsts Mutter.«

»Arfst, den Namen habe ich zuvor noch nie gehört. Deine Schwester heißt Keike, das ist auch sehr ungewöhnlich.«

»Sinje klingt da geradezu normal, obwohl es auch ein friesischer Name ist.«

»Sinje klingt schön und passt genau zu dir.«

Er stellte den Wagen auf dem Parkplatz beim Goting Kliff ab und stieg aus. Dann ging er hinten um das Auto herum und öffnete Sinje die Tür – ganz ein Kavalier alter Schule. Er streckte ihr sogar die Hand hin. *Arfst hatte das auch gemacht, jedenfalls vor ihrer Hochzeit und in den ersten Ehejahren.* Sie musste aufhören, immer alle mit ihrem verstorbenen Ehemann zu vergleichen. Ihre Schwester hatte recht, so käme sie nie zu einem neuen Mann. Das hätte Arfst nicht gewollt, dass sie für den Rest ihres Lebens allein blieb. Mist – schon wieder. Sie biss sich auf die Lippe.

»Woran denkst du?«, fragte Marcus, als er ihr aus dem Wagen half.

»Dass wir bis hierher gut zu Fuß hätten gehen können oder das Rad nehmen statt deine Umweltsünde von Auto«, antwortete sie schnell und schlagfertig.

»Nicht nur Krabbenfischerin, sondern auch eine Umweltaktivistin. Wie passt das zusammen?« Er nahm einen Korb und eine Decke aus dem Kofferraum.

»Das passt gar nicht zusammen, aber ich bin der Meinung, dass man die Luft nicht unnötig verpesten solle. Dein Wagen gehört zu den ganz schlimmen Dreckschleudern.« Sie strich über die Lehne des Beifahrersitzes. »Schneidig ist er trotzdem.«

»Aha« Marcus schwenkte den Korb. »Deswegen sind wir mit dem Auto gefahren. Ich hatte keine Lust, alles zu schleppen.«

Beim Goting Kliff zeugte nur ein überquellender Papierkorb von den Tagesbesuchern, ansonsten war es menschenleer. Marcus breitete die Decke nahe der Kante aus, zauberte aus dem Korb zwei Sektkelche und eine Schale Erdbeeren.

»Ich will mit dir anstoßen. Auf uns. Und mit Prosecco, du scheinst mir nicht der Champagnertyp zu sein.«

Aus einem Isolierbehälter zog er eine Flasche, die so kühl war, dass Wassertropfen am Hals nach unten perlten. Geübt öffnete er sie und schenkte ein. Eines der Gläser reichte er Sinje.

»Hast du geplant, dass es weitergeht wie bei ›Pretty Woman‹?« Sie biss sich zum zweiten Mal an diesem Abend auf die Lippe. So spöttisch hatte sie nicht klingen wollen, es war ihr einfach herausgerutscht. Auf diese Art vertrieb sie jeden Mann. Dabei wollte sie das gar nicht, aber sie fühlte sich unsicher, es war so lange her, dass sie in so einer Situation gewesen war.

»Wir werden sehen, was der Abend bringt. Cheers.«

Sie tranken von dem Prosecco, er perlte weich ihre Kehle hinunter. Sinje nahm noch einen Schluck und streckte Marcus das fast leere Glas hin.

Er schaute sie ernst an, bevor er nachschenkte. »Ich möchte mir dir einen schönen Abend verbringen. Wenn dieser Ort zu viele Erinnerungen für dich birgt, können wir gerne woanders hinfahren. Ich dachte nur, wir genießen den Sonnenuntergang an deinem Lieblingsort. Obwohl ich dir keinen Sturm bieten kann.« Er reichte ihr das Glas. »Was sagst du dazu?«

Seine Verlegenheit machte ihn für Sinje noch attraktiver. »Ich freue mich, dass du dir so viele Gedanken machst. Wir müssen nur lange genug hierbleiben, dann bekommen wir auch Wind. Was hast du alles im Korb?« Sie ließ sich auf der Decke nieder, streifte sich die Sandalen von den Füßen und trank Prosecco in kleinen Schlucken.

»Wein, Schinken, Baguette, Käse, Kirschtomaten, Oliven. Und Mineralwasser.«

»Also nur gute Sachen, und ich habe richtig Hunger.«

Marcus breitete die Vorräte auf der Decke aus, und sie langten beide herzhaft zu. Erst nachdem sie von allem ausgiebig gekostet hatte, wischte Sinje sich die Krümel vom Mund und strich sich über den Bauch. Die Sonne versank blutrot hinter Amrum im Meer, und Marcus stellte mehrere Windlichter auf. Der Kerzenschein zauberte eine romantische Stimmung.

»Ich platze gleich.« Sinje streckte sich auf der Decke aus und legte den Kopf auf Marcus' Oberschenkel.

Er stützte sich auf einem Ellenbogen ab, und in schweigendem Einverständnis schauten sie aufs Meer. Eine Fähre verließ den Hafen Wittdün auf Amrum, eine andere lief ihn an. Zwischen den Inseln und den Halligen herrschte reger Fährverkehr. An Deck standen Menschen und winkten zu ihnen herüber. Sie erwiderten die Geste nicht, wollten ganz für sich sein.

Marcus strich ihr das Haar aus dem Gesicht, ließ seine Hand über ihren Hals und ihre Schulter wandern. Die Berührung war federleicht, und Sinje entspannte sich, kuschelte sich dichter an seinen Oberschenkel. Nach einer Weile schob er seine Finger unter den Ausschnitt ihrer Bluse. Er öffnete zwei Knöpfe, und als sie ihn nicht bremste, wurde er kühner. Sinje fühlte sich wohl unter seinen streichelnden Händen. Sie konnte endlich einmal alles vergessen, was sonst ihre Gedanken beherrschte, und nur für ihr Gefühl leben.

Hinterher lagen sie nackt nebeneinander und ließen sich den Wind über die Haut streichen. Die Sonne war inzwischen komplett hinter Amrum versunken, die Reederei hatte ihren Fährbetrieb für diesen Tag beendet, im Gras verborgen zirpten die Grillen, und sie kamen sich vor wie die beiden einzigen Menschen unter dem sternenübersäten Nachthimmel. Gerne wäre Sinje bis zum nächsten Morgen mit Marcus auf dem Goting Kliff geblieben, und sie hätten sich wieder und wieder geliebt. Die Vorstellung war verlockend, aber sie hatte eine fünfzehnjährige Tochter, die sie nicht die ganze Nacht allein zu Hause lassen wollte. Seufzend erhob sie sich und schlüpfte in ihre Unterwäsche.

»Das verstehe ich«, sagte Marcus dazu. »Mit einem Kind übernimmt man eine riesige Verantwortung. Das hält ein Leben lang an.«

»Früher habe ich gedacht, sie wird kleiner, je älter die Lütte wird. Das stimmt nicht, die Verantwortung wird nicht kleiner, sondern nur anders. Inede macht mir keine Sorgen, aber sie wäre beunruhigt, wenn ich die ganze Nacht nicht nach Hause komme. Sie wäre auch allein, das kennt sie nicht.«

»Das ist völlig in Ordnung.« Marcus stand vor ihr, umfasste ihr Gesicht und küsste sie, erst sanfter, dann fordernder, bis sie beide außer Atem waren. »Ich will nicht den Zorn deiner Tochter herausfordern.«

Sie verstand seine Worte nicht. Dass Inede zornig sein könnte, davon hatte sie gar nichts gesagt. Sie war aber zu sehr mit dieser neuen Ebene ihrer Beziehung zu Marcus beschäftigt, als sich darüber viele Gedanken zu machen.

Er setzte sie vor ihrer Haustür ab, und diesmal kümmerte es beide nicht, ob sie beobachtet wurden oder nicht: Sie verabschiedeten sich mit einem langen Kuss voneinander. Leise ging Sinje ins Haus, erwartete jeden

Augenblick, gefragt zu werden, ob sie einen schönen Abend gehabt hatte, aber alles blieb ruhig.

*Ich kann Marcus morgen sehen*, dachte sie glücklich, als sie wenig später im Bett lag.

Die nächsten vier Tage schwebte Sinje wie auf Wolken. Ihre Zeit war ausgefüllt mit Marcus am Tag, am Abend und in der Nacht. Er führte sie zum Essen aus in das beste Restaurant in Wyk, und es störte ihn nicht im Geringsten, dass sie nach der Arbeit auf dem Kutter und dem Verkauf der Krabben wieder einmal keine Zeit gefunden hatte, sich umzuziehen, und nur eine Jeans und eine karierte Bluse trug. Ein andermal fuhren sie zu dem Kiosk in Boldixum, der die besten Fischfrikadellen auf der Insel feilbot und daneben nicht viel mehr. Trotzdem stand immer eine lange Schlange Hungriger an. Es gab Frikadellen aus Räucherfisch, Dorsch, Scholle, Aal und Lachs. Sinje aß zwei, Marcus schaffte drei.

»Die waren verdammt gut«, sagte er hinterher und wischte sich den Mund mit einer Papierserviette ab. »Die Besten, die ich bisher gegessen habe. Ist das ein Geheimtipp auf Föhr?«

»Nicht mehr, wenn du erst in deinem Reiseführer darüber geschrieben hast. Hanna und Piet werden sich vor Kunden kaum noch retten können.«

Über Marcus' Miene huschte kurz ein zweifelnder Ausdruck. Gleich darauf strahlte er wieder, und Sinje war sich nicht mehr sicher, richtig gesehen zu haben.

»Du kennst auch jeden auf der Insel.«

»So ist das eben, wenn man an dem Ort lebt, an dem man geboren und aufgewachsen ist.«

»Ich bin ein waschechter Hamburger Jung«, widersprach er.

»Großstädter. Kennst du überhaupt deine Nachbarn? Die Menschen, die neben dir und unter dir wohnen?«

»Da wohnen zwei aufregende rothaarige Frauen mit endlos langen Beinen bis zum Po.« Er beugte sich zu ihr herüber und flüsterte ihr ins Ohr: »Beide sind scharf auf mich und überbieten sich gegenseitig, mich mit Aufmerksamkeiten zu überschütten. Hm.«

»Du lügst doch.« Sinje sah zweifelnd drein.

Marcus lachte auf. »Natürlich stimmt das nicht. Aber ich bin keiner, der einer alten Dame nicht die Einkaufstüten hochträgt und seine Nachbarn nicht kennt. Eine ist nämlich so eine nette Seniorin, die mir fürs Tütentragen koffeinfreien Kaffee spendiert.« Er verdrehte die Augen.

Sinje wusste nicht mehr, was sie glauben sollte. Er stand vor ihr und sah so ungemein attraktiv aus. Sie konnte kaum fassen, dass dieser Mann … Trotzdem ging er mit ihr zu einer Imbissbude und aß Fischfrikadellen. Das würde er doch wohl nicht tun, wenn in Hamburg eine langbeinige Rothaarige auf ihn wartete.

»Übrigens, du hast da was«, sagte Marcus und deutete auf ihren Mundwinkel. Sie wollte es wegwischen, aber er hielt ihre Hand fest. »Lass mich das machen.«

Er küsste erst ihren Mundwinkel, und dann drückte er seine Lippen auf ihre, als wollte er sie nie wieder loslassen. Sie knutschten herum wie Teenager, und so schwerelos fühlte Sinje sich auch.

Sie wanderten an einem anderen Tag durch das Watt nach Amrum, und sie amüsierte sich über Marcus, der mit komischer Verzweiflung den Schlick betrachtete, der zwischen seinen Zehen hervorquoll.

»Ich hoffe, du weißt, was du tust«, sagte er, als er bis zum Knöchel einsank und die Füße schwarz herauszog.

»Oh, das macht nichts«, beschied sie ihn. »Schlimm wird es erst, wenn man bis über die Knie einsackt, dann kommt man ohne Hilfe nie wieder raus. Das ist einer der Gründe, warum man auch nie alleine ins Watt gehen soll.«

Ihre Füße waren genauso schwarz wie seine.

»Aye, aye, Käpt'n.«

Auf Amrum angekommen, spülten sie die Füße ab und saßen in einem Strandkorb, während sie darauf warteten, dass sie trockneten und sie die Schuhe anziehen konnten. Der Wattwanderweg endete in der Nähe der Amrumer Vogelschutzwarte Ban Remsanj, für Marcus fernab jeder Zivilisation. Er schaute sich um, und als er nichts entdeckte außer Watt, Meer und Dünen, stöhnte er leise.

»Wildnis, nichts als Wildnis«, sagte er resigniert. »Ich habe gedacht, wir kommen in einem Ort an. Wahrscheinlich müssen wir über die ganze Insel laufen, um in bewohnte Gegenden zu kommen. Von dir war ja nichts anderes zu erwarten.« Dabei lachte er jedoch und griff nach ihrer Hand.

Sinje lachte zurück und schüttelte eine kleine Muschel aus ihrer Trekkingsandale. »Die halbe Insel ist es nicht, nicht einmal ein Viertel, aber ein paar Kilometer müssen wir bis Norddorf schon gehen. Von dort fahren Busse.«

»Wohin?«

»Nach Wittdün. Ich habe geplant, mit der Fähre zurückzufahren. Wir können natürlich auch bis zur nächsten Ebbe warten und wieder übers Watt wandern. Vorher sollten wir uns aber Taschenlampen besorgen, denn vor Mitternacht werden wir auf Föhr nicht ankommen.«

Marcus überlegte einen Augenblick. »Das machen wir. Das mit den Taschenlampen meine ich.«

Diesmal war es an Sinje, verblüfft zu sein. Der Herr Journalist wollte wirklich die ganze Strecke zu Fuß zurückgehen? Sie musste wohl ziemlich verdattert wirken, denn Marcus sagte: »So eine Lichterwanderung macht sich in jedem Reiseführer gut. Das spricht das Gefühl der Leute an. Du wirst sehen, dann wollen alle bei Nacht von Föhr nach Amrum wandern.«

»Das ist nicht dein Ernst?«

»Was jetzt?« Marcus stieß sie mit dem Ellenbogen an und grinste auf sie herab. »Der Rückmarsch oder die Lichterwanderung im Reiseführer?«

»Der Fußmarsch natürlich.«

Sein Grinsen wurde noch breiter. »Habe ich dich drangekriegt, Sinje Laugesen.«

Natürlich fuhren sie mit dem Bus von Norddorf nach Wittdün und von dort mit der Fähre nach Wyk. Vorher aßen sie jedoch in Wittdün am Hafen eine Räucherfischplatte.

Ausflüge mit Marcus waren das eine und die Arbeit das andere, er war sogar bereit, mit ihr zusammen die »Tru Deern« zu reinigen und zu überholen. In regelmäßigen Abständen machte sie auf dem Kutter klar Schiff, kehrte das Unterste zuoberst, sah die Maschine durch und gab sich erst zufrieden, wenn alles sauber war. Das war nicht nur eine schwere Arbeit, sondern auch eine schmutzige, an deren Ende man nach Fisch, Diesel und Altöl stank. Arfst hatte das auch immer so gemacht und in all den Jahren, in denen er mit der »Tru Deern« gefischt hatte, nur wenig Ärger gehabt.

Dass Marcus dazu bereit war, ließ Sinje hoffen, aus ihnen könnte mehr werden als eine Sommeraffäre. Sie schrubbten das Deck und das Ruderhaus, entsorgten alte Zeitungen und ölverschmierte Lappen, die sich auf geheimnisvolle Weise immer in den Ecken ansammelten. Das war der harmloseste Teil der Aufräumaktion, dennoch trieb es ihnen den Schweiß auf die Stirn.

Die schmutzigere Arbeit wartete unter Deck im Maschinenraum. Der Dieselmotor musste gereinigt, ausgetretenes Öl abgewischt, altes Schmierfett erneuert werden. Alle Teile wurden auf ihre Beweglichkeit und Funktionsfähigkeit getestet. Sinje hantierte gekonnt mit großen Schraubenschlüsseln und gab Marcus Anweisungen.

Als sie mit dem Motor fertig waren, waren ihre Hände und Overalls ölverschmiert. Marcus hatte einen Fleck auf der rechten Wange, und sie wischte ihn mit einem nicht ganz sauberen Lappen fort. Ein dunkler Schatten blieb zurück.

»Du kennst dich gut mit Motoren aus«, meinte Marcus und ließ noch einmal den Blick über den sauberen Dieselmotor schweifen. »Besser jedenfalls als ich mit dem in meinem Auto.«

»Das ist was ganz anderes.« Sinje zuckte mit den Schultern und steckte den öligen Lappen zu einem zweiten in die Hosentasche. »Die Automotoren stecken voll neumodischer Elektronik, da kann man gar nichts mehr selber machen. Geht ein Teil kaputt, tauscht man am besten gleich alles aus. Bei diesem Schätzchen dagegen ... Ich habe von Arfst und später von Jan alles darüber gelernt.«

Marcus nickte anerkennend.

Nach dem Dieselmotor waren die Fanggeschirre, die Ausleger und die Hydraulik an der Reihe. Die Netze waren in Ordnung, die überprüfte Sinje nach jedem Fang, aber sie reinigten die Hydraulik und schmierten sie neu. Mehrmals fuhr sie das Fanggeschirr aus und holte es wieder ein, dabei horchte sie genau auf die Geräusche, die die Hydraulik von sich gab. Danach waren sie immer noch nicht fertig, denn als Letztes waren die Kochkessel und die Kühlanlage dran. Ölige Lappen und dreckige Hände waren dabei tabu – auf Reinlichkeit mussten sie achten. Sie zogen deshalb saubere Overalls an und nahmen neue Lappen.

»Kannst du dir vorstellen, jemals was anderes als Krabbenfischerin zu sein?«, fragte Marcus und wienerte eifrig über eine längst blank polierte Stelle.

»Ja, kann ich.« Sie schaute auf und bemerkte, wie er noch verbissener die Stelle rieb. Offenbar hatte ihn ihre Antwort überrascht. »Schon vergessen, Herr Großstadtjournalist: Ich war Grundschullehrerin. Ich war es gerne. Mit Kindern zu arbeiten hat mir Freude gemacht.«

»Mit Krabben arbeitest du auch gerne?«

Blöde Frage. Und sie fragte sich, worauf er hinauswollte. Nach einem harmlosen Geplänkel hörte es sich nicht an, dafür war sein Ton zu ernst. »Ja.«

»Und du hast immer auf Föhr gelebt?«

»Bis auf die Zeit des Studiums und des Referendariats, da war ich in Kiel. Ich lebe gerne am Meer, ruhig und doch mittendrin. Ich lege Wert darauf, meine Nachbarn zu kennen. Eigentlich kann ich mir nicht vorstellen, woanders zu leben.« Kaum hatte sie das gesagt, fiel es ihr wie Schuppen von den Augen: Marcus sprach mit ihr über eine Zukunft. Und sie hatte es zu spät bemerkt. Idiotisch. »Schon wegen Inede«, fügte sie noch lahm hinzu, aber der Schaden war angerichtet.

»Ja natürlich, deine Tochter«, erwiderte Marcus tonlos.

Sie hätte sonst was dafür gegeben, sein Gesicht sehen zu können, aber er schaute krampfhaft auf seine Hände, die einen Lappen hielten. Sie sah nur seinen Adamsapfel hüpfen. Als er sie endlich anschaute, war seine Miene heiter, vielleicht eine Spur zu heiter.

»Da hast du dir ein schönes Fleckchen zum Leben ausgesucht. Obwohl dieser Kutter … ich spüre meine Arme gar nicht mehr.«

»Wir sind auch fertig.«

# Kapitel 5

Nachmittags hatte Sinje die letzte Krabbe verkauft, mehrere Kunden musste sie wegschicken. Den ganzen Tag hätte sie am liebsten vor sich hin gesummt. Mehrfach hatte Jan sie nachdenklich gemustert, ihr Glück sah man ihr offenbar an. Zu Hause sprang sie schnell unter die Dusche und stand dann sinnend vor ihrem Kleiderschrank. Sollte sie das neue Kleid anziehen? Bisher hatte sie noch keine Gelegenheit dazu gefunden. Es erschien ihr immer zu vornehm, und wegen des hohen Preises wollte sie es nur zu einem besonderen Anlass tragen. Sie schlüpfte schließlich in einen Wickelrock und ein Top, bürstete sich die Haare und legte einen Hauch Make-up auf. Zum Dank für seine Hilfe auf der »Tru Deern« hatte sie Marcus für den Abend zum Essen eingeladen. Sie wollte mit ihm aber nicht einfach nur in ein Lokal gehen, das hatten sie oft genug gemacht. Sie wollte Laugesen-Krabben-Spezial servieren. Auf ganz spezielle Art zubereitet und an einem ganz speziellen Ort serviert. Ein Rezept ihrer Schwiegermutter, aber das hatte sie Marcus nicht verraten. Die Krabben wurden über dem Lagerfeuer zubereitet. Sie hatte alles vorbereitet und lud die Zutaten in den Fahrradkorb, um sich dann auf den Weg zum Hof ihrer Schwester zu machen.

Schwungvoll bog sie in die Einfahrt ein, Kies spritzte unter den Reifen auf. Sie bremste und lehnte das Rad an die Scheunenwand. Marcus' Sportwagen stand neben dem Scheunentor, und in diesem Moment kam er aus dem Haus, das Handy am Ohr. Er sah sie nicht.

Sinje zog sich in den Schatten der Scheune zurück. Er sollte erst sein Telefonat beenden, bevor sie ihm um den Hals fiel. Er war in sein Gespräch vertieft.

»Der Name der Frau ist Sinje Laugesen«, hörte sie ihn sagen.

Das brachte sie dazu, in der Scheune stehen zu bleiben und zu lauschen.

»Die Menschen auf Föhr sind ein Schlag für sich, da gibt es jede Menge Material für das Buch. Die Insel strotzt nur so vor erstaunlichen Geschichten. Sinje hat mir einiges erzählt.«

Sie lauschte weiter. Was redete der da? Es hörte sich nicht an, als spräche er über einen Reiseführer, wie ihre Schwester ihn ihr beschrieben hatte.

»Ob ich schon einiges geschrieben habe? Der Empfang ist nicht so gut.« Marcus sprach lauter. »Föhr liegt nicht gerade auf der Überholspur der Datenautobahn. Wie auch immer, ich habe mir Notizen gemacht. Es sind gute Sachen dabei, nur so den richtigen Knaller habe ich noch nicht gefunden.«

Sein Gesprächspartner redete. Davon hörte sie nichts, sie vermutete aber, dass er mit seinem Literaturagenten oder seinem Verleger sprach.

»Ja, natürlich komme ich voran. Was denkst du von mir, ich bin Profi.«

Marcus lauschte einen Augenblick und schüttelte dann den Kopf.

»Ja, ja, ich weiß. Für ›Urlaubsorten aufs Maul geschaut – was erwartet Sie wirklich in ...‹ muss es ein richtiger Knaller sein. Wie die Föhrerinnen die Männer mit Dreschflegeln und Sensen von der Insel gejagt haben, das ist dir zu zahm? Ich kann mir doch nichts ausdenken.«

Wieder hörte er einen Augenblick zu.

»Wie du meinst.«

Sinje hatte genug gehört. Was für eine Art Buch Marcus schreiben wollte, wusste sie nicht genau, eines war jedoch sicher: Es war kein gewöhnlicher Reiseführer. Er hatte nie etwas anderes vorgehabt, als die Föhrer gnadenlos durch den Kakao zu ziehen. Ihre Gutmütigkeit hatte er ausgenutzt. Es war ihm nie um sie selbst gegangen, wahrscheinlich hatte er kein einziges ehrlich gemeintes Wort zu ihr gesagt. Und die letzten Tage und Nächte ... Ihr wurde schlecht, sie presste sich eine Hand auf den Mund, um sich nicht zu verraten. Sie musste von hier weg, so schnell es ging.

Marcus war immer noch in sein Telefongespräch vertieft. Sie huschte durch die Scheune und zur anderen Seite hinaus, rannte vom Hof und durch Nieblum bis nach Hause.

Marcus runzelte die Stirn, als er seinen Freund und Agenten sagen hörte: »Sei ein Macho, sei ein Chauvi. Schone niemanden, sei der größte Querulant unter dem Föhrer Himmel. Solange du keine Personen mit Namen nennst, ist alles erlaubt. Die Leser gieren geradezu danach. Das Buch wird ja nicht gekauft, weil man darin lesen kann, wie schön und nett es ist – das gibt es reichlich auf dem Markt.«

»Nun …«, wandte Marcus ein.

»Und schnell muss es vor allem gehen. Ich brauche eine erste Skizze, wenn du wieder in Hamburg bist. Halte dich ran, der Verlag bezahlt dir keinen Urlaub auf Föhr, und schlafen kannst du später.« Lachen dröhnte aus dem Handy.

Marcus hielt den Apparat ein Stück von seinem Ohr weg. »Ich weiß das alles, aber …«, versuchte er es erneut.

»So was will ich nicht hören. Schreib zum Beispiel über diese Krabbenfischerin. Was muss das für eine Frau sein, dass sie als Fischerin arbeitet? Konnte sie keinen anderen Beruf finden? Da stinkt frau doch ständig nach Fisch. Tolles Parfüm. Hat sie einen Mann? Ich wette, nicht.«

»Ich verstehe dich.« Marcus holte tief Luft. »Jetzt hörst du mir mal zu. Ich schreibe dieses Buch nicht mehr.«

Einen Augenblick herrschte Ruhe in der Leitung, dann hörte er ein Schnaufen.

»Marcus, was soll das? Du hast einen Vertrag. Schon vergessen?«

»Löse ihn auf. Dafür bist du mein Agent.«

»Als Agent schließe ich Verträge für dich ab und löse sie nicht auf.«

»Diesmal tust du es.«

»Wie stellst du dir das vor? Du hast einen Vorschuss bekommen. Der Verlag bezahlt deine Reise.«

»Ich gebe das Geld zurück.«

Sein Gesprächspartner stöhnte. »Weißt du, was du da von mir verlangst? Das ruiniert meinen Namen und deinen auch. Komm mir nicht mit moralischen Bedenken, die hättest du vor der Vertragsunterzeichnung haben können. Du hast genau gewusst, worauf du dich einlässt.«

»Die habe ich nun aber. Auf Föhr habe ich nur nette Menschen kennengelernt. Keiner von ihnen hat es verdient, in einem Buch an den Pranger gestellt zu werden. Föhr wirbt nicht nur damit, die ›Karibik der Nordsee‹ zu sein, die Insel ist es. Sie ist so schön, wie behauptet wird, und bietet alles, was man von seinem Urlaub erwartet. Ich kann nicht schreiben, was der Vertrag von mir verlangt. Du musst das in Ordnung bringen. Wie du das machst, ist mir egal. Ich schreibe jedenfalls kein Wort für dieses Buch. Wir sehen uns in Hamburg.«

Er beendete das Gespräch und schaltete das Handy aus. Er kannte seinen Agenten gut genug, um zu wissen, dass er ihn gleich mit Anrufen und SMS bombardieren würde. Es gab nichts mehr dazu zu sagen, er hatte sich entschieden. Wie hatte er sich überhaupt auf diese Sache einlassen können? Muss einer seiner schlechteren Momente gewesen sein – so viel Geld war es schließlich nicht, was man ihm geboten hatte. Und ein Buch schreiben, dafür ließ sich ein anderes Thema finden.

Marcus schaute sich um: Auf dem Hof war niemand, aber an der Scheunenwand lehnte ein Fahrrad. Es kam ihm bekannt vor. So eines hatte Sinje gefahren. Eigentlich war er mit ihr zum Essen verabredet, sie hatte sehr geheimnisvoll getan. Nach einem Blick auf seine Armbanduhr stellte er fest, dass sie bereits eine Viertelstunde zu spät war. Das sah ihr nicht ähnlich. Oder sie saß bei ihrer Schwester, und die beiden hatten die Zeit verquatscht.

Er fand seine Wirtin im Garten, wo sie verblühte Rosen abschnitt. Sinje war nicht bei ihr. Sie hatte sie auch nicht gesehen.

»Sie kommt wahrscheinlich gleich«, tröstete sie ihn.

Nach weiteren zehn Minuten war Sinje immer noch nicht aufgetaucht. Marcus wurde ungeduldig, er war nicht daran gewöhnt, auf eine Frau zu warten. Diese Frau allerdings … sie ging ihm unter die Haut. Mehr, als er geplant hatte. Er riskierte es, sein Handy einzuschalten. Wie erwartet, waren eine Handvoll SMS eingegangen, und sein Agent hatte vier Nachrichten auf der Mailbox hinterlassen. Marcus hörte sie nicht ab und las die SMS nicht, er rief Sinje auf dem Handy an. Sie ging nicht ran, es gab auch keine Mailbox. Seine Ungeduld verwandelte sich in Ärger. Wenn sie ihn versetzen wollte, würde er nicht auf sie warten, er konnte sich auch ohne sie amüsieren und nach Wyk fahren. Marcus stieg in seinen Wagen und schlug die Tür fest zu.

Völlig außer Atem und verschwitzt kam Sinje zu Hause an. Ihre Seiten stachen. Sie hätte heulen mögen. Vor Wut. Vor Scham. Marcus wollte sie jedenfalls nicht wiedersehen. Der Schuft hatte sich mit falschen Versprechen in ihr Vertrauen geschlichen, sie sogar dahin gebracht, sich ihm hinzugeben. Sie hatte sich eingebildet, ihm würde etwas an ihr liegen. Wie weit sie danebenlag, hatte sie ja eben gehört.

Sollte sie zurückgehen und ihm ihre Wut um die Ohren hauen? Verdient hätte er es. Sie ging ins Haus. Es lag ihr nicht, mit Fingernägeln auf jemanden loszugehen. Sie war eine eher stille Natur.

In der Küche trank sie ein großes Glas Apfelsaftschorle und ließ sich kaltes Wasser über die Handgelenke laufen, um sich abzukühlen. Es brachte nur eine vorübergehende Linderung. Eigentlich müsste sie schon wieder duschen, aber sie war viel zu aufgeregt. Sie musste etwas überprüfen.

Sie ging in ihr Büro, in dem sie den Papierkram erledigte, den der Beruf einer Krabbenfischerin mit sich brachte, und wo der Computer stand. Sinje schaltete ihn an. Mit leisem Surren fuhr er hoch. Ungeduldig wartete sie darauf, dass der Computer sich mit dem Internet verband. Im Browser rief sie die Seite eines Internetbuchhändlers auf und schrieb in die Suchzeile »Urlaubsorten aufs Maul geschaut – was erwartet Sie wirklich in …«.

Es wurde eine Reihe von Vorschlägen unterbreitet. Sächsische Schweiz fand sie und Kärnten und öffnete ein Angebot. Zunächst las sie etwas über den Inhalt des Buches. »Reiseregionen sind mehr als schöne Landschaften und empfehlenswerte Gasthäuser«, stand da, »sie bieten gestresste Einheimische, Großbaustellen, Staus auf den Straßen, Museen mit einem pädagogischen Ansatz des 19. Jahrhunderts, überhöhte Preise und Nepp, der als wertvolle Andenken verkauft wird. Wenn Sie wissen wollen, was Sie wirklich in Ihrer Urlaubsregion erwartet, lesen Sie dieses Buch. Wenn Sie eine vergnügliche Zeit mit einem Buch verbringen wollen, lesen Sie es auch.«

Sinje wurde abwechselnd heiß und kalt. Diese Beschreibung bestätigte ihre schlimmsten Befürchtungen. Es gab eine Reihe Rezensionen zu dem Buch über die Sächsische Schweiz. Alle Reaktionen waren vertreten von »Super, klasse, das beste Buch, das ich seit langem gelesen habe« bis zu »Beschämend, wie mit Schmutz auf Regionen und Menschen geworfen wird«. Einer schrieb: »Ich fahre seit Jahren zum Wandern in die Sächsische Schweiz und muss sagen, in dem Buch stehen nichts als Lügen, die Menschen sind freundlich und hilfsbereit und keine ewiggestrigen Ossis. Das Buch kann man nur in die Tonne kloppen.«

So ein Reiseführer sollte über Föhr erscheinen. Ein Mann wie Marcus schrieb so ein Buch über Föhr. Ihm musste das Handwerk gelegt werden. Sinje druckte die Seiten aus.

Eine Stunde später saß sie mit Keike und Bendix im »Krog«. Die Gaststätte hieß nicht mehr wirklich »Krog«, sondern »Käpt'ns Stuv«, aber die Einheimischen sprachen nach wie vor vom »Krog«, wenn sie die alte Nieblumer Dorfgaststätte meinten. Sie saßen in einer Ecke in der Kneipe unter Einheimischen. Die Touristen machten es sich lieber in der Heimatstube bequem, weil die so schön alt und urig war, dabei war sie erst vor wenigen Jahren angebaut worden – immerhin im friesischen Stil und mit Reet gedeckt.

Die Frauen hatten italienischen Rotwein vor sich stehen, der hier als Hausmarke serviert wurde, Bendix hielt sich an Bier.

»Was musst du uns unbedingt sagen, dass wir herkommen mussten, weil es auf dem Hof nicht möglich ist?«, wollte ihr Schwager wissen. »Ich muss noch zum Melken.«

»Die Kühe müssen warten, das hier ist wichtiger.« Sinje stockte, sie wusste nicht recht, wo sie beginnen sollte. Die beiden durften nicht merken, wie weit sie sich auf den Verräter eingelassen hatte. Sie räusperte sich. »Es geht um den Journalisten, der bei euch auf dem Hof wohnt, und um den Reiseführer, den er schreiben will. Ich habe erfahren, was das wirklich für ein Buch ist.« Sie zog die ausgedruckten Blätter aus ihrer Tasche und legte sie auf den Tisch.

Keiner griff danach. Bendix trank von seinem Bier, und Keikes Blicke durchbohrten sie.

»Ihr habt ihn mir angehängt, deshalb müsst ihr es auch als Erste erfahren.«

»Was erfahren?«

»Das hier.« Sie tippte auf die Ausdrucke. »Wir haben alle gedacht, er schreibt einen Reiseführer, wie es sie schon gibt über Föhr, wo alle Sehenswürdigkeiten aufgelistet sind, die Schönheiten der Insel, nette Unterkünfte und Restaurants. Das ist es nicht, sein Buch soll in einer Reihe erscheinen, die heißt ›Urlaubsorten aufs Maul geschaut – was erwartet Sie wirklich in …‹. Lest!«

Bendix griff nach den beiden Seiten und las den Beschreibungstext und die Rezensionen. Sinje beobachtete ihn genau, seine Miene wechselte erst zu ungläubig, dann wurde er knallrot im Gesicht, sein Adamsapfel hüpfte. Wortlos schob er die Blätter seiner Frau hin.

»Das gibt es doch nicht.« Keike stieß die Ausdrucke nach dem Lesen von sich, als wollte sie so etwas Ekliges nicht in ihrer Nähe haben. »Das will der Journalist schreiben? Bist du dir sicher?«

»Ich habe eines seiner Telefongespräche mit angehört, da hat er es gesagt. Wir – ich habe ihm auch noch dabei geholfen, für seinen angeblichen Reiseführer zu recherchieren.«

»Was können wir tun?«, fragte Keike.

»Das ist doch klar«, sagte Bendix. »Wir müssen ihn aufhalten. So ein Buch darf über Föhr nicht erscheinen. Das ist nichts als Schund.«

»Wenn er es nicht schreibt, tut es ein anderer. Hätte ich ihn nur nie aufgenommen.«

»Den anderen stoppen wir auch.« Bendix nahm die beiden Ausdrucke und stand auf.

Die Blicke aller Gäste richteten sich auf ihn.

»Auf unserer Insel hat sich ein Journalist eingenistet, hat meiner Frau und meiner Schwägerin das Blaue vom Himmel heruntergelogen, er wolle für einen Reiseführer über die Insel recherchieren. Dabei will er ein Schundbuch schreiben.« Bendix schwenkte die Ausdrucke. »Die Reihe heißt ›Urlaubsorten aufs Maul geschaut – was erwartet Sie wirklich in …‹ Es geht nur darum, Schmutz über uns auszugießen und die Urlauber davor zu warnen, nach Föhr zu kommen.«

»Was?«

Die meisten Föhrer lebten auf die ein oder andere Weise vom Tourismus, und jemand, der kam, um ihnen das Geschäft zu vermiesen, konnte nicht ihr Freund sein. Einer erhob sich, er nahm Bendix die Ausdrucke ab und las sie. Seine zu Beginn ungläubige Miene wurde zornig. Er gab die Blätter weiter, und jeder, der sie las, sah hinterher genauso zornig aus.

»Das können wir uns nicht bieten lassen«, rief einer aus.

»Wie konntet ihr so jemanden aufnehmen?«, beschuldigte ein anderer Keike und Bendix.

»Wir wussten nichts davon«, verteidigte sich Keike mit vor Aufregung schriller Stimme.

Sinje saß inmitten des Durcheinanders und wusste nicht, was sie fühlen sollte. Sie war erleichtert darüber, dass nun alles ans Licht gekommen war, und sie wütend war auf Marcus und auf sich selbst, weil sie sich von seinem Getue hatte einwickeln lassen. Nur gut, dass niemand wusste, wie weit sie sich wirklich auf ihn eingelassen hatte. Sie war fest entschlossen, dieses Geheimnis für sich zu behalten.

»Dem leuchten wir heim. So was dulden wir nicht auf der Insel«, brüllte ein stämmiger Mann. Seiner Stimme war anzuhören, dass er bereits mehr als ein Bier intus hatte.

»Der muss weg«, stimmte jemand anderes zu und schüttelte eine Faust.

Weitere Stimmen erhoben sich. Immer lauter und immer verwegener wurden die Äußerungen, es gipfelte in dem Ausruf: »Wir zeigen ihm mal, wie die Föhrer wirklich sind. Ob er danach noch schreiben kann …«

»Leute«, mischte sich der Wirt mit seinem dröhnenden Bass ein. »Im ›Krog‹ wird nicht gegen andere gehetzt. Solche Reden dulde ich nicht. Beruhigt euch und trinkt euer Bier.« Der Wirt war ein stämmiger Mann, das Fischerhemd spannte über seinem Bauch. Seine Hände waren groß wie Mühlräder, man traute ihm ohne weiteres zu, dass er seinen Worten Nachdruck verlieh.

»Der hat bei uns nichts zu suchen«, begehrte der Bierselige auf. »Dem leuchten wir heim.«

»Genau.« Sein Freund, der neben ihm am Tisch saß, nickte eifrig und kramte sein Handy heraus.

»Was habt ihr an meinen Worten nicht verstanden?« Der Wirt kam hinter dem Tresen hervor, zwei Biergläser in den Händen, und ging auf die beiden zu. Er knallte die Gläser vor sie hin. »Geht aufs Haus.«

Der Bierselige griff sofort nach seinem, und als er das Glas wieder absetzte, war es nur noch halbvoll.

Der Wirt sah zufriedener aus, ließ den Blick über seine Gäste schweifen. Seine Miene wurde allerdings finster, als er auf den Tisch zukam, an dem Sinje mit ihrer Schwester und ihrem Schwager saß. »Nun zu dir, Bendix. Steck deine Papiere weg und hole sie nicht mehr raus. Nicht in meiner Gastwirtschaft und auch nicht außerhalb.«

Bendix war auch groß und kräftig, aber gegen den Krog-Wirt begehrte er lieber nicht auf. Sie saßen wieder zu dritt am Tisch und schwiegen, vor sich Getränke, die langsam warm und schal wurden.

Aus dem Augenwinkel sah Sinje, wie die beiden Männer hinter ihren Biergläsern die Köpfe zusammensteckten. Der eine hatte sein Handy am Ohr und sprach leise hinein. Er beendete ein Gespräch, drückte ein paar Tasten und begann gleich ein neues. Sie hatte jedoch keine Zeit, darüber nachzudenken, was die beiden ausheckten, denn Keike beugte sich zu ihr.

»Ich werfe ihn raus. Morgen früh reist er ab. So einen Nestbeschmutzer dulde ich nicht in meinem Haus. Ach was, heute Abend verschwindet der noch. Soll er doch in seinem Cabrio übernachten.«

Was bringt das?, wollte Sinje fragen. Die Worte kamen nicht über ihre Lippen. Nachdem die erste Wut über Marcus' Verrat verraucht war, überwog wieder die Scham.

Vor dem Hof stand eine Handvoll Männer auf der Straße. Sie redeten alle durcheinander und fuchtelten mit den Händen. Sie schauten immer wieder zur Hofeinfahrt. Sinje, Keike und Bendix wurden beäugt, als sie durch das Tor gingen.

»Das Schwein ist nicht da. Sein Cabrio ist weg«, hörte Sinje einen von den Männern sagen. Die letzte Silbe des Wortes Cabrio wurde dabei unnatürlich in die Länge gezogen. In der Gruppe konnte sie den Sprecher nicht ausmachen. Die beiden aus der Kneipe waren jedenfalls nicht dabei. Trotzdem schien es sich herumgesprochen zu haben.

Keike drehte sich unter dem Torbogen um, die Hände in die Hüften gestemmt. »Hier gibt es nichts zu sehen. Geht nach Hause! Die Sache ist geregelt.«

Sie blitzte die Männer an. Die murrten, zogen sich aber auf die andere Straßenseite zurück. Keiner machte Anstalten, wirklich zu gehen. Im Gegenteil, es bog ein klappriger Kadett um die Ecke, drei junge Kerle in speckigen Jeans stiegen aus. Tattoos prangten auf ihren Oberarmen. Sinje kannte sie. Drei Brüder aus Wyk, seit einer Ewigkeit arbeitslos. Gab es auf der Insel Ärger, waren sie nie weit. Solche Leute standen nun da und sahen nicht aus, als warteten sie auf den Briefträger. Keike und Bendix waren inzwischen im Haus verschwunden.

Sinje lief über die Straße.

»Hört sofort auf!«, rief sie.

Einer der drei Brüder drehte sich zu ihr um. Er roch nach Schweiß und ranzigem Fett und sah aus, als hätte er sich tagelang nicht gewaschen. »Willst du den Kerl schön bitten, den Schund nicht zu schreiben? Da kannst du lange reden, solche Typen verstehen nur andere Sprachen.« Er schlug, während er redete, ein ums andere Mal die rechte Faust in die linke Handfläche.

»Du hast damit nichts zu schaffen!« Sie blitzte den Mann an.

Das hielt ihn jedoch nicht ab, die Sache weiter zu seiner zu machen. Er und seine Brüder steckten die Köpfe zusammen.

»Wir organisieren noch ein paar Typen und machen uns auf die Suche.«

Sinje wurde es langsam unheimlich, wenn da von Jagd die Rede war und wenn sie in die wütenden Gesichter der Männer sah. Mit Worten waren die längst nicht mehr zu erreichen. Sie fischte ihr Handy aus der Schultertasche, rief Marcus an, obwohl sie sich vor kurzem geschworen hatte, nie wieder mit ihm zu reden. Sie erreichte nur die Mailbox und hinterließ die Nachricht, er solle sie dringend zurückrufen.

Der Föhrer Mob verteilte sich auf Autos und Mofas und raste in verschiedene Richtungen davon. Es konnte keinen Zweifel geben, dass sie Marcus früher oder später finden würden. Und dann …? Sie musste das verhindern, musste ihn warnen. Er hatte sich wie ein arrogantes Arschloch verhalten, trotzdem hatte er es nicht verdient, diesen Leuten ausgeliefert zu werden. Wo könnte er sein? Sie hatte mit ihm nach Dunsum fahren wollen, zu einem Picknickplatz. Davon hatte sie ihm nichts erzählt. Alkersum, Borgsum, Süderende, Wyk und Wrixum, Midlum oder Dunsum? Er konnte überall sein. Was wusste sie schon, an welchen Orten er sich wohlfühlte.

Ihr Fahrrad lehnte noch an der Scheune. Sinje bestieg es, sie fuhr aufs Geratewohl nach Nieblum rein und bog dann Richtung Alkersum ab. Der Wind hatte aufgefrischt, blies sie von der Seite an und wirbelte den Rock um ihre Beine. Sie musste ordentlich in die Pedale treten. Von der sommerlichen Hitze der letzten Tage war nichts mehr zu spüren, auf See würde es in der Nacht ungemütlich werden.

Auf halbem Weg nach Alkersum kam ihr ein Auto, besetzt mit jungen Männern, entgegen. Mit deutlich mehr als der erlaubten Geschwindigkeit fuhr es an ihr vorbei. Sinje bremste ihr Rad ab und sah dem Wagen hinterher.

Es war totaler Unfug, was sie machte. Mit dem Fahrrad über die Insel zu rasen und zu versuchen, einer Horde wildgewordener Männer zuvorzukommen. Sich dann ausgerechnet einen Ort wie Alkersum auszusuchen – dämlich. Falls Marcus wütend war, weil sie eine

Verabredung nicht eingehalten hatte, würde er nach Wyk fahren, er war Großstädter. Und Wyk war auf Föhr das, was einer Stadt am nächsten kam. Ein weiterer Wagen raste aus Alkersum kommend an ihr vorbei, diesmal saßen nur zwei Männer drin. Das konnte nur bedeuten, dass sie in dieser Richtung vergeblich gesucht hatten. Sie war völlig auf dem falschen Dampfer. Sinje wendete ihr Rad.

Sie hatte auf dem Rückweg den Wind schräg von vorn, musste sich mit aller Kraft in die Pedale legen und kam trotzdem nur langsam voran. In Nieblum fuhr sie am besten nach Hause und stieg ins Auto um. Sie keuchte und schnaufte wie eine altersschwache Dampfmaschine, deren Kessel jeden Moment zu platzen drohte.

Endlich kamen die ersten Häuser von Nieblum in Sicht. Im Ort wurde sie von einem Mofa überholt, das aus einer Seitenstraße geschossen kam. Zwei Mann saßen drauf. Beide ohne Helm und beinahe zu schwer für das alte Zweirad.

Der Hintere winkte mit den Armen. »Sie haben ihn! Sie haben ihn!«

# Kapitel 6

Marcus fuhr von Nieblum nach Wyk. Es war ein Scheißgefühl, von einer Frau versetzt zu werden. Noch viel blöder war es, wenn man sich gerade dazu durchgerungen hatte, ihr etwas zu beichten. Er hatte ihr sagen wollen, weswegen er auf die Insel gekommen war und welche Art Reiseführer er hatte schreiben wollen, dass sich durch sie aber alles verändert hatte. Zwischen ihnen sollten keine Lügen stehen, wenn sie eine Zukunft haben wollten. Das hatte er wirklich gedacht.

Er lachte auf. Welche Zukunft sie hatten, das sah er ja. Die Frau hatte ihn genauso benutzt wie er sie. Vier Jahre nach dem Tod ihres Mannes war sie offenbar der Meinung gewesen, es sei an der Zeit, sich mal wieder etwas Gutes zu gönnen. Er hatte bereitgestanden, war auf ihr Lächeln und ihre burschikose Art hereingefallen.

In Wyk stellte Marcus den Wagen beim Meerwasserwellenbad ab und schlenderte die Strandpromenade entlang. Er hatte sich vorgenommen, keinen Gedanken an Sinje zu verschwenden, irgendwo etwas zu trinken, später ein gutes Abendessen zu genießen und zwischendurch den Blick der einen oder anderen Schönheit einzufangen. Vielleicht ergab sich ein Flirt, eine Einladung. Mal sehen, was der Abend so brachte.

Das war leichter gedacht, als in die Tat umgesetzt, merkte er schnell. Es kamen ihm einige hübsche Frauen entgegen – alle an der Seite ihrer Partner.

In einem Strandcafé entdeckte er eine Frau allein an einem Tisch. Mit ihrer kurzen Stoppelhaarfrisur gefiel sie ihm nicht wirklich, die Haare waren mehr praktisch als schön, und außerdem hatte sie ein herbes Gesicht, nicht wie ... Verdammt, er konnte nicht aufhören, an Sinje zu denken. Nun ja, besser als nichts, die Frau konnte für ein interessantes Gespräch gut sein. Er wollte gerade am Nachbartisch Platz nehmen, als ein wesentlich hübscheres Exemplar der weiblichen Gattung aus dem Café kam und genau auf die Igelbürstige zusteuerte. Beide lächelten sich an und verließen Hand in Hand das Café.

Zwei Lesben. Da hätte er gleich drauf kommen können. Frustriert ging Marcus weiter. Föhr schien das Reiseziel für Pärchen zu sein, nirgendwo kam ihm eine Single-Frau entgegen. Einem Mann allein begegnete er, einem Typ mit nach hinten gegelten Haaren und Anzug. Der blieb öfter stehen und schaute sich suchend um. Komischer Typ – sah aus, als komme er sich verfolgt vor. *Wenn der eine Frau zu Hause sitzen hatte, fresse ich einen Kohlstrunk mitsamt Blättern*, dachte Marcus. Warum war er eigentlich nicht auf Sylt? Da war bestimmt mehr los für einen Mann wie ihn. Er überlegte, ob er für die letzten paar Tage seines geplanten Aufenthalts lieber auf die Nachbarinsel reisen sollte.

Ach, verdammt! Er wollte nicht nach Sylt, er wollte Sinje in den Armen halten und von ihr hören, dass sie es ihm nicht kreuzübel nahm, wie er sie wegen des Reiseführers angeflunkert hatte. Angelogen hatte, verbesserte er sich in Gedanken. Das war eine fette Lüge gewesen und keine Flunkerei.

Er lächelte probehalber einem Teenager zu. Das Mädchen ging gelangweilt neben ihren Eltern her. Bei seinem Lächeln schaute sie schnell weg und tat so, als interessiere sie sich für das Angebot eines Blumengeschäftes. Gleich darauf zückte sie ihr Handy – wahrscheinlich um ihrer besten Freundin mitzuteilen, dass ein alter Knacker sie angemacht habe, und dann würden sie eine halbe Stunde kichern.

Er hatte noch nicht versucht, Sinje auf dem Handy anzurufen. Einer Frau telefonierte er nicht hinterher. Prinzipiell nicht.

Wenn sie nun aufgehalten worden war? Weil etwas auf dem Krabbenkutter kaputtgegangen war. Das Schiff war immerhin alt. Er würde hinfahren. Noch länger durch Wyk zu laufen, hatte er ohnehin keine Lust, und der Appetit auf ein Abendessen war ihm vergangen. Er ging zu seinem Auto zurück und fuhr zum Hafen.

Bereits von weitem sah er, dass die »Tru Deern« auf ihrem Liegeplatz lag und niemand an Bord war. Das Wetter hatte inzwischen umgeschlagen, die Sonne war hinter Wolkenbergen verschwunden, und der Wind hatte merklich aufgefrischt. Es hatte gerade eine Fähre vom Festland kommend festgemacht, und einige der Urlauber, die sie ihre Rollkoffer hinter sich herzerrend verließen, trugen Jacken.

Gegen seine Prinzipien zückte er nun doch das Handy. Sinje meldete sich nicht, sie hatte auch keine Mailbox eingerichtet. Er würde zurückfahren in seine Pension und einen langweiligen Abend allein vor dem Fernseher verbringen. Marcus wendete den Wagen.

Als er das Hafengelände verlassen wollte, bemerkte er einen Opel, besetzt mit drei jungen Männern, der ihm folgte. Die Typen grinsten breit und fuhren sehr dicht auf. Einer hielt das Handy ans Ohr und sprach hastig hinein. Der Fahrer sah verbissen aus und fuhr noch dichter auf, es konnte nicht mehr viel fehlen, bis er ihn an der Stoßstange touchierte. Wollten sie ihn mit ihrer Karre etwa zu einem Rennen herausfordern?

Kaum hatte er den Hafen verlassen, gab er Gas. Der Opel blieb zurück. Marcus grinste zufrieden, aber nur so lange, bis er einen Golf entdeckte, der aus einer Seitenstraße bog und sich hinter ihn setzte. Der Opel holte auch auf. Was zum Teufel planten die Kerle?

Obwohl die Straße nur zweispurig war, setzte sich der Golf neben ihn, der Opel klebte wieder an seiner Stoßstange. Der Fahrer des Golfs kümmerte sich nicht um den hupenden Gegenverkehr. Was wollten die Kerle von ihm? War das ein besonderer Sport? Marcus zweifelte keinen Augenblick daran, dass es sich um Einheimische handelte, denn beide Autos trugen das NF-Kennzeichen für Nordfriesland.

Ein dritter Wagen reihte sich in die Kolonne ein. Die halbe Insel schien mobilgemacht zu haben. Marcus wäre ihnen gern davongerast, mit den Pferdestärken unter seiner Haube wäre es spielend möglich – nur sie waren auf einer Insel. Wie sollte er ihnen davonfahren?

Als er Wyk Richtung Nieblum verließ, gab er Gas, ließ die hundert Stundenkilometer hinter sich. Seine Verfolger beschleunigten auch. Es gelang ihm zwar, den Abstand zu vergrößern, aber nicht, sie abzuhängen. Ihm wurde mulmig zumute. Er hielt sich für einen guten Autofahrer, aber so etwas hatte er noch nie erlebt.

Er durchquerte Nieblum, bog nach Alkersum ab und schlängelte sich auf Feldwegen Richtung Borgsum, zumindest glaubte er das, am Ende kam er jedoch in Süderende heraus. Die Wagen hinter ihm waren auf vier angewachsen, und Marcus fragte sich wiederholt, was er den Leuten getan hatte. Er glaubte nicht mehr, dass es um die Herausforderung zu einem Rennen ging, seine Verfolger waren zu verbissen, es musste etwas anderes dahinterstecken.

Er kannte die Männer nicht. Keinen einzigen von ihnen. Sie mussten ihn verwechseln. Es setzte sich wieder der Golf neben ihn, obwohl der Weg kaum breit genug war. Von der Beifahrerseite glotzte ihn ein breites, feistes Gesicht an. Er hatte es noch nie in seinem Leben gesehen.

Auf den schmalen Wegen musste er höllisch aufpassen, nicht von der Straße abzukommen, denn rechts und links gab es Gräben. Der Golf hatte sich wieder hinter ihn zurückfallen lassen. Von Süderende geriet er nach Wittsum und hatte inzwischen das Gefühl, getrieben zu werden wie ein Stück Vieh. Wütend schüttelte er die Faust gegen seine Verfolger, was bei denen nur zu einer Lachsalve führte.

Er fuhr an Goting vorbei, und die bittersüße Erinnerung an den Abend mit Sinje, ihr erstes Mal, ließ ihn die Zähne zusammenbeißen.

In Nieblum fuhr er Richtung Strand. Der Himmel hatte sich inzwischen verdüstert, als wollte es jeden Moment anfangen zu regnen, und der Wind schien zu einem Sturm werden zu wollen. Mit Schwung bog Marcus auf einen Parkplatz ein, die rechten Räder des Mercedes gerieten vom Fahrweg auf den Seitenstreifen, Erde und Gras spritzten hoch. Er stoppte den Wagen, nahm sich die Zeit, auf einen Knopf zu drücken, damit sich das Verdeck schloss, und sprang heraus, rannte zum Strand. Das Wetter sah nicht mehr so freundlich aus wie noch am Nachmittag. Wenn er Pech hatte, erlebte er einen richtigen Sturm.

Er stolperte im weichen Sand und fiel auf die Knie. Ein erster Regentropfen platschte neben ihm auf die Erde. Als er sich wieder aufrichtete, sah er seine Verfolger den Deich herunterkommen. Sie sahen grimmig aus. Marcus rannte nicht mehr weiter, sondern blieb stehen. Die Hände hatte er zu Fäusten geballt. Wenn sie etwas von ihm wollten, sollten sie ruhig kommen.

Sinje war so überrascht, dass sie mit dem Rad ins Schlingern geriet. Sie fing sich im letzten Moment ab.

»Wo?«, schrie sie den Männern hinterher.

Die Antwort verstand sie nicht genau, sie wusste nicht einmal, ob sie ihr tatsächlich geantwortet hatten, aber sie meinte, etwas wie Hundestrand gehört zu haben. Hundestrände gab es mehrere auf Föhr, einer östlich und einer westlich von Nieblum und wenigstens ein weiterer in Wyk. Sie strampelte sich ab, um das Mofa nicht aus den Augen zu verlieren. Es war hoffnungslos, gegen den Wind kam sie einfach nicht schnell genug voran. Sinje traten Tränen in die Augen. Aus Wut, aus Verzweiflung, wegen des inzwischen scharfen Windes?

Sie sah gerade noch, wie das Mofa um eine Ecke beim Haus des Gastes bog. Das war keineswegs der Weg nach Wyk und schränkte die Möglichkeiten auf die beiden Hundestrände bei Nieblum ein. Die Entdeckung gab Sinje neue Kraft, und sie strampelte weiter.

Ein erster dicker Regentropfen zerplatzte auf ihrem Arm. Gleich darauf noch einer und ein dritter. Ein älteres Ehepaar, das Hand in Hand durch den Ort schlenderte, suchte eilig Schutz unter einer Kastanie, während Sinje sich die Zeit nahm, in den Himmel zu schauen. Dichte Wolken waren vom Wind zusammengetragen worden, das Licht wirkte bedrohlich. Es sah aus wie einer der seltenen Sommerstürme.

Sie erreichte den ersten Strand. Hundebesitzer waren dabei, eilig ihre Sachen zusammenzuraffen und zu ihren Autos zu hasten. Von einem Sportwagen mit Hamburger Kennzeichen und von Marcus war weit und breit nichts zu sehen.

»So'n fetten Schiet!«, schimpfte sie. Inzwischen war sie bis auf die Haut durchnässt, der Wickelrock klebte ihr an den Beinen, und die Griffe ihres Fahrradlenkers wurden glitschig. Sie packte fester zu und wendete das Rad.

Auf Föhr ist alles mit dem Fahrrad zu erreichen – diesen Satz hatte sie ihrer Tochter oft entgegengehalten, wenn Inede zu einer Freundin, zum Sport oder sonst wohin gefahren werden wollte. Noch einmal würde sie das nicht mehr sagen. Längst hielt sie nur noch die Sorge um Marcus auf dem Fahrradsattel.

Wahrscheinlich stand er längst in der Pension unter der Dusche und würde lachen, wenn er sie sehen könnte. Sie fuhr trotzdem weiter. Bevor sie sich nicht ganz sicher war, dass der Föhrer Mob aufgegeben hatte, würde sie nicht nach Hause fahren. Ein weiterer Parkplatz für Strandbesucher kam in Sicht. Der letzte Besucher verließ ihn gerade, als Sinje auf den Platz einbog.

Sie hielt sich gar nicht lange auf, sondern fuhr gleich weiter. Das war nicht der Parkplatz beim Hundestrand, der gehörte zum Nieblumer Badestrand. Ihr Weg führte sie auf dem Deich entlang. Der Wind und der Regen trafen sie voll von der Seite.

»Lass es den nächsten Parkplatz beim Hundestrand sein. Bis nach Wyk schaffe ich es auf keinen Fall mehr«, bat sie stumm.

Noch bevor sie den Parkplatz erreicht hatte, sah sie, dass es der richtige sein musste. Sie entdeckte das Mofa und eine Reihe Wagen mit nordfriesischem Kennzeichen. Ganz vorne stand Marcus' Mercedes. Sie ließ das Fahrrad daneben fallen.

Sie rannte über den Deich und zum Strand. Der Wind zerrte an ihren nassen Sachen.

»Hört auf! Hört sofort auf mit diesem Wahnsinn!«, schrie sie.

Niemand schien sie gehört zu haben. Die Männer standen in einem weiten Halbkreis, in der Mitte Marcus. Sie rückten langsam vor, und er wich Richtung Meer zurück.

»Marcus!«

Auch er schien sie nicht zu hören. Die ganze Situation wirkte äußerst bedrohlich.

Sinje rannte über den Sand auf die Männer zu, packte einen am Ärmel. »Hört auf! Das ist kein Spaß mehr.«

»Das meinen wir auch nicht als Spaß.« Sie hatte einen der drei Brüder erwischt, und der schüttelte sie leicht ab.

Sie fiel hin und sprang wieder auf. Am liebsten hätte sie sich auf den Mann gestürzt und ihn mit Fäusten bearbeitet, um etwas Verstand in sein armseliges Hirn zu prügeln. Aber sie selbst besaß noch genug davon, um zu wissen, dass sie so nichts ausrichten konnte. Sie zerrte deshalb einen anderen am Arm.

»Was soll das werden?«

»Der soll uns kennenlernen. Von Großstadtbürschchen lassen wir uns nicht verschietern.«

»Mensch, das ist doch alles dämlich, Jochen.« Sie kannte den Mann. Er war früher bei der W.D.R., der Wyker Dampfschiffreederei, Matrose gewesen und nun seit mehreren Jahren arbeitslos.

Jochen roch nach Bier und Nässe, und er war viel stärker als sie, er schüttelte sie ab wie ein lästiges Insekt. »Geh nach Hause, Mädchen. Das hier ist Männersache.«

»Es kommt ein Sturm rein!«

Keiner hörte auf sie. Die Männer rückten vor, und

Marcus wich weiter zurück. Sie wusste nicht einmal, ob er sie bemerkt hatte. Wenn doch, hielt er sie wahrscheinlich für eine von denen.

»Ihr wollt ihn doch nicht ins Meer jagen. Schiet noch mol un verdammich.«

Die Männer kamen ihm immer näher, und Marcus wich weiter zurück. Es konnte nicht mehr lange dauern, und er stand im Wasser. Er hatte gedacht, sie hätten es auf sein Auto abgesehen und würden ihn in Ruhe lassen, sobald sie es hatten, doch sie wollten ihn.

Gehetzt blickte Marcus sich um. Auf dem Strand lag ein Ruderboot. Er ging langsam darauf zu, die Männer folgten ihm. Sie kamen ihm nicht näher, aber das war fast noch bedrohlicher, als wenn sie sich vor ihm aufgebaut hätten.

Eine Gestalt kam über den Deich gerannt. Er erkannte Sinje. Na klar, sie musste ja bei so etwas dabei sein, nachdem sie ihn versetzt hatte.

Der Regen wurde heftiger. Dicke Tropfen fielen vom Himmel und durchnässten ihn im Nu. Kalt klebten ihm das Hemd und die Hose am Leib.

Sinje rief etwas, er sah, wie sich ihre Lippen bewegten, aber der Wind verwehte die Worte. Hatte sie die Männer angefeuert?

»Weg! Weg! Weg von der Insel! Weg! Weg!«, schrie einer der Männer.

Die anderen griffen seinen Ruf auf. Dazu hatte Sinje sie also angestiftet. Er erinnerte sich an die Geschichte über die Föhrer Frauen, die sie bei ihrem ersten Ausflug erzählt hatte. Den Eindringlingen musste es damals genauso ergangen sein wie ihm. Wahrscheinlich hatten sie sich auch genauso gefühlt. Er stieß mit dem Fuß an das Boot.

Mit einem schnellen Blick vergewisserte er sich, dass es intakt war. Es besaß einen modernen, aus einem Stück gefertigten Rumpf. Sogar zwei Ruder lagen drin. Marcus versetzte ihm einen Stoß und schob es zum Wasser.

»Weg! Weg! Weg von der Insel! Weg! Weg!«

Der Sprechgesang begleitete ihn.

Die ersten Wellen schlugen gegen den Bootsrumpf. Weiter draußen hatten sie weiße Schaumkronen. Er schob das Boot ins Meer, und kurz bevor es aufschwamm, sprang er hinein.

»Nicht aufs Meer! Marcus! Nicht aufs Meer!«, hörte er Sinje schreien, als der Sprechgesang für einen Moment aussetzte.

Bei der nächsten Welle trieb das Boot hinaus. Als sie sich vom Strand zurückzog, nahm sie es weiter mit. Marcus löste die Ruder aus ihrer Befestigung und steckte sie in die Dollen. Er versuchte zu rudern.

Die Wellen schlugen hoch. Das Ruderboot schaukelte hilflos auf ihnen. Er musste die Füße gegen die Bordwand stemmen, um das Gleichgewicht zu halten. Mehrfach zog er die Riemen durchs Wasser, ohne dass das irgendeine Auswirkung auf das Verhalten des Bootes hatte.

Er hatte vor, ein Stück an der Küste entlangzurudern und wieder an Land zu gehen. Der Sturm und die Wellen zogen ihn jedoch weiter hinaus aufs Meer. Er zog die Riemen mit aller Kraft durchs Wasser. Verließ er erst die Landabdeckung Amrums, wäre der Sturm schlimmer und die Wellen höher.

Er warf einen Blick zurück zum Strand. Durch den Regen ließen sich die Gestalten nur verschwommen erkennen, dennoch schien es ihm, dass Sinje nicht mehr unter den Männern stand. Seine Arme schmerzten bei dem vergeblichen Versuch, das Boot in eine bestimmte Richtung zu manövrieren. So viel zum Krafttraining, das er zweimal wöchentlich im Fitnessstudio absolvierte. Gegen seinen Willen wurde er weiter aufs Meer hinausgezogen.

Seine Vermutung bestätigte sich: Nachdem er den Schutz Amrums verlassen hatte, wurde der Sturm wütender, und die Wellen wurden höher. Sie warfen das Boot herum, als wäre es eine Papierschachtel. Er hatte nie gedacht, so jung und auf diese Weise zu sterben. Zu gerne hätte er vorher noch erfahren, warum Sinje nach den letzten Tagen nichts mehr von ihm wissen wollte, warum sie sogar ins Lager dieser Verrückten übergelaufen war.

Er verlor das erste Ruder und kurz darauf das zweite. Wasser schwappte ins Boot, und er hatte nichts, um es wieder herauszuschöpfen. Nichts außer seinen Händen. Marcus umklammerte die Ruderbank mit den Füßen und formte die Hände zu einer Schale. Er schöpfte weniger Wasser hinaus, als mit der nächsten Welle hereingespült wurde, dennoch gab er nicht auf. Ging das Boot unter, war er verloren – mit Boot war er auch verloren.

Was war in so einer Situation besser? Zu kämpfen bis zum bitteren Ende oder sich dem unausweichlichen Schicksal zu überlassen? In bierseliger Runde ließ sich trefflich darüber diskutieren, vor der Wahl stehend begriff er, dass es keine war. Er wollte leben, deshalb schöpfte er Wasser, obwohl es aussichtslos schien. Deshalb gab er nicht auf, als die Kraft in seinen Armen schwand, seine Beine sich nicht länger um die Ruderbank klammern wollten. Deshalb gab er nicht auf, als eine neue Welle über die Bordwand fegte und er Salzwasser schluckte.

Sinje vergaß den Regen und dass ihr kalt war, als sie sah, wie Marcus in dieser Nussschale von Ruderboot aufs Meer hinausgetragen wurde. Er musste wahnsinnig sein.

Die Kerle schrien immer noch. »Weg! Weg! Weg von der Insel! Weg! Weg!«

Am liebsten hätte sie jedem Einzelnen eine Latte über den Schädel gezogen, um ein wenig Verstand in ihre Hirne zu prügeln. Marcus konnte sie nur noch auf eine Art helfen. Sie drehte sich abrupt um und rempelte dabei einen der drei Brüder an. Sie stieß ihn aus dem Weg.

»Bist du zufrieden, hirnloser Idiot?«, schrie sie ihn an und rannte an ihm vorbei.

Auf dem Parkplatz lag ihr Fahrrad neben Marcus' Wagen. Sie hob es auf. Es blieb ihr wohl nichts anderes übrig, als sich damit auf den Weg zu machen, obwohl sie nicht mehr viel Kraft hatte. Ihre Muskeln protestierten, als sie aufs Rad stieg und losfuhr.

Viel zu langsam kam sie voran. Auf diese Weise käme sie niemals rechtzeitig ans Ziel, dennoch fuhr sie weiter. Auf der Straße bog sie nach rechts ab Richtung Wyk. Der Wind peitschte ihr den Regen ins Gesicht. Sinje hatte das Gefühl, auf der Stelle zu strampeln, statt voranzukommen. Sie schaute sich um.

Die hinter ihr auftauchenden Scheinwerfer eines Autos ließen sie einen Entschluss fassen. Sie bremste, sprang ab und warf das Fahrrad in den Graben. Danach stellte sie sich breitbeinig auf den Asphalt und winkte. Die Straße war zu schmal, als dass der Wagen an ihr hätte vorbeifahren können. Er hielt vor ihr an. Ein älterer Mann saß am Steuer, seine Frau auf dem Beifahrersitz.

Der Fahrer kurbelte das Fenster herunter und beugte sich halb heraus. »Wat is?«, fragte er im breitesten Ruhrpottdialekt.

Sinje erriet die Bedeutung seiner Worte eher, als dass sie sie verstand. »Ich muss nach Wyk zum Hafen. Können Sie mich mitnehmen? Bitte. Es ist wirklich wichtig.«

»Du willst die doch nicht mitnehmen. Die macht die Polster nass, Norbert«, empörte sich die Frau.

»Wennet doch aba wichtich is.«

»Es ist wirklich wichtig.« Wenn die beiden sie nun nicht mitnahmen ... Sinje hätte heulen können.

»Rein mit Ihnen. Wir bringse nach Wyk.«

Sinje wischte sich das Wasser aus Gesicht und Haar, bevor sie einstieg. Im Wagen konnte sie kaum stillsitzen, und die kurze Fahrt kam ihr endlos vor. Am liebsten hätte sie den Mann gebeten, schneller zu fahren. Sie spähte zwischen den beiden Vordersitzen hindurch auf den Tacho. Um die siebzig Stundenkilometer. Der Mann verringerte die Geschwindigkeit kaum, als sie das Ortseingangsschild von Wyk passierten.

Im strömenden Regen sprang Sinje am Hafen aus dem Wagen, bedankte sich und schlug die Tür. Sie war aber nicht so schnell, dass sie nicht mehr mitbekam, wie die Frau sich nach hinten beugte, und die Polster begutachtete.

»Alles nass. Ich habe es dir doch gesagt, Norbert.«

Sinje sprang an Bord der »Tru Deern« und hastete zum Heck, wo in einer Kiste versteckt ein Ersatzschlüssel an einem Haken hing. Sie machte die Leinen los und schloss das Ruderhaus auf. Der zweite Zündschlüssel hing hier an einem Haken unter Ölzeug versteckt. Sie drehte ihn im Zündschloss, und der Diesel des Kutters erwachte blubbernd zum Leben.

Sie manövrierte den Kutter von seinem Liegeplatz ins Hafenbecken. Im Hafen war das Wasser ruhig, allenfalls zeigten sich kleine Kabbelwellen. Dafür sorgte der Wellenbrecher draußen vor der Einfahrt. Kaum hatte sie diesen umrundet, erfasste eine Böe den Kutter und ließ ihn zur Seite schlingern. Sinje musste mit aller Kraft gegensteuern, damit sie nicht aus der Fahrrinne gedrückt wurde.

Sie schimpfte auf sich, weil sie keinen Suchscheinwerfer an Bord hatte. Mehr als die Positionslichter und das Licht im Ruderhaus hatte sie nicht zu bieten. Eine starke Taschenlampe war noch an Bord, aber die nützte ihr nichts, denn sie musste am Ruder bleiben und konnte damit nicht über das Meer leuchten. Konzentriert schaute Sinje auf die Seekarte der Gewässer vor Föhr und Amrum, die immer neben dem Ruder ausgebreitet lag, und versuchte auszurechnen, wohin der Sturm Marcus getrieben haben könnte. Es war ausgeschlossen, dass es ihm gelungen war, an Land zu rudern – die See war viel zu rau, als dass sich ein Ruderboot von einem einzelnen Mann beherrschen ließ.

Sie tippte darauf, dass er sich auf Höhe der Südspitze Amrums befand oder schon darüber hinaus war. Angestrengt spähte sie in die Dunkelheit, glich die schlingernden Bewegungen des Kutters aus und nahm in der Fahrrinne Kurs auf Amrum. Wasser tropfte aus ihren Haaren und lief ihr in die Augen. Ungeduldig wischte sie es weg.

Von einem Ruderboot war nichts zu sehen. Hoffentlich war es nicht gekentert und trieb hilflos in der Nordsee. Dann hätte sie keine Chance, Marcus zu finden. Oder war er schon tot? Auf See geblieben, wie man das salbungsvoll nannte.

»Marcus, ich liebe dich. Egal, was du getan hast. Komm zurück zu mir«, rief sie aus und merkte gar nicht, dass neben all dem Regenwasser auch Tränen ihr Gesicht netzten.

Die »Tru Deern« rollte und schlingerte, ließ sich aber auf Kurs halten. Der Kutter war breit und behäbig gebaut, sie hatte mit ihm schon mehr Wind getrotzt.

Sinje erreichte das Gebiet, in dem sich ihren Berechnungen nach das Ruderboot befinden musste. Sie spähte noch angestrengter über das Wasser. Selbst bei ruhiger See war es nicht leicht, ein kleines Boot zu sehen, das auf den Wellen trieb, dafür hob es sich zu wenig vom Hintergrund ab und ragte viel zu wenig über das Meer hinaus. Bei stürmischer See war es jedoch nahezu unmöglich, zwischen den Wellenbergen etwas zu entdecken.

Breitbeinig stand Sinje am Ruder und steuerte den Kutter um die Südspitze Amrums herum. Der Sturm nahm noch einmal zu. Der Kutter stürzte in ein Wellental, Sinje flog nach vorne und musste sich mit beiden Händen abstützen. Gleich darauf kletterte das Schiff einen Wellenberg hinauf. Sie legte die »Tru Deern« quer zum Wind, der Kutter wurde hin- und hergeworfen, aber die Berg-und-Tal-Fahrt verringerte sich.

Sinje beugte sich nach vorn. Mit zusammengekniffenen Augen suchte sie die Wasseroberfläche ab. Nichts. Kein Ruderboot konnte bei diesem Wellengang bestehen.

»Leiwe Gott, lat mi em finden.« Sie wischte sich die nassen Haare aus dem Gesicht. »Es ist ganz egal, wie wir danach zueinanderstehen. Lass ihn nur überleben.«

# Kapitel 7

War da was? Sie kniff die Augen weiter zusammen, schaute genauer hin. Es war verschwunden, aber sie war sich sicher, zwischen den Wellen etwas gesehen zu haben. Ein Boot gesehen zu haben. Die Hände fest um das Ruder geklammert, hielt sie die »Tru Deern« auf Kurs.

Da war das Boot wieder. Und diesmal war sie sich sicher. Zweifel wollte sie nicht zulassen. Da schlingerte ein kleines Boot in den Wellen.

»Marcus«, schluchzte sie.

Ob sich jemand im Boot befand, hatte sie nicht erkennen können.

»Marcus, halt durch! Ich bin gleich da.«

Sie steuerte den Kutter dorthin, wo sie zuletzt das Boot gesehen hatte. Da war nichts mehr. Inzwischen liefen ihr die Tränen über die Wangen. Wenn sie Marcus nicht fand, wenn man ihn nie mehr fand … Es war ihre Schuld. Sie hätte nicht gleich losrennen müssen, um alles brühwarm ihrer Schwester und ihrem Schwager zu erzählen, sie hätte erst mit Marcus sprechen sollen. So machte man das. Bestimmt gab es eine gute Erklärung für seine Worte am Telefon. Sie nahm sich vor, ihm in aller Ruhe zuzuhören und seine Argumente zu verstehen, wenn sie ihn nur finden würde …

Die Augen taten ihr schon weh, so angestrengt starrte sie auf die aufgewühlte See. Wenigstens der Regen hatte nachgelassen, das verbesserte ihre Sicht. Dafür war es aber inzwischen ganz dunkel. Die Gefahr war groß, das Boot nicht rechtzeitig zu sehen und zu überfahren. Sie stellte sich das hässliche Knirschen vor, das dabei ertönen würde. Nahm diese Sache ein gutes Ende, gleich morgen würde sie einen Suchscheinwerfer auf dem Ruderhaus der »Tru Deern« installieren lassen. Fand sie ihn nicht, dann erst recht. Was andere Leute dazu sagten, würde sie nicht kümmern.

Da entdeckte sie das Boot wieder. Und diesmal war sie sich auch sicher, dass sich jemand darin befand. Die Gestalt bewegte sich nicht, und sie konnte nicht erkennen, ob es Marcus war, dennoch verlieh ihr die Entdeckung neue Kräfte.

Jetzt galt es, einen Weg zu finden, wie sie Marcus an Bord ziehen konnte. Eine Frau auf einem Kutter war für eine solche Rettungsaktion eigentlich zu wenig. Sie hätte Jan gebraucht. Sinje zog sich eine orangefarbene Rettungsweste an, ließ den Diesel im Leerlauf tuckern und stellte das Ruder fest. Der Kutter schlingerte führerlos auf den Wellen, und als Sinje das Ruderhaus verließ, musste sie sich festhalten, um nicht das Gleichgewicht zu verlieren. Sie band sich eine lange Leine um die Taille und befestigte das andere Ende an dem Türgriff. Falls sie über Bord ging, war sie immer noch mit dem Kutter verbunden und hoffentlich nicht ganz verloren.

Breitbeinig stapfte sie nach hinten zum Fanggeschirr. Was sie vorhatte, war nicht ungefährlich, aber ihr fiel keine andere Möglichkeit ein. Sie fuhr die Seitenbäume aus, senkte sie ab, bis ein Teil der Netze im Wasser hing. Die Gerätschaften ächzten im Wind. Sinje betrachtete sie besorgt. Hielten sie dem Druck stand? Nicht auszudenken, wenn sie abrissen. Das wäre nicht nur für die Rettungsaktion eine Katastrophe, sondern auch für ihre Zukunft. Es musste einfach funktionieren.

Sie kämpfte sich zum Ruderhaus zurück und konzentrierte sich auf die vor ihr liegende Aufgabe. Es hatte aufgehört zu regnen, der Wind war jedoch weiter stürmisch.

Das Ruder fest umklammernd, suchte sie wieder das Meer nach dem Boot ab. Der Sturm hatte sie in den wenigen Augenblicken, die sie an Deck gewesen war, ein gehöriges Stück abgetrieben. Das ausgefahrene Fanggeschirr machte die »Tru Deern« schwerfällig, Sinje brauchte all ihre Geschicklichkeit am Ruder, um den Kutter dorthin zu bringen, wo sie das Boot zuletzt gesehen hatte. Da sah sie es auch wieder, ein Stück voraus.

Sie fuhr so dicht heran, wie sie es wagen konnte, und ließ das Signalhorn ertönen. Die Person im Boot bewegte sich, hob den Kopf. Es war tatsächlich Marcus.

»Marcus!«, rief sie.

Er konnte sie nicht hören. Sie ließ das Horn noch einmal ertönen. Hoffentlich verstand er, was sie von ihm wollte.

Sie war jetzt so nah, dass das Netz auf der Backbordseite beinahe das Boot berührte. Noch näher ran, und sie würde es über ihn hinwegziehen, ihn aus dem Boot reißen. Das wäre sein Ende.

»Marcus«, rief sie ihm zu, »greif nach dem Netz!«

Nur noch einen Augenblick und sie war am Boot vorbei. Marcus hatte sie nur beobachtet und sich nicht bewegt.

»Es gibt keine andere Möglichkeit.«

Tränen und Wasser liefen ihr über das Gesicht. Ihr war kalt, und am liebsten hätte sie sich in einer Ecke zusammengerollt, bis das ganze Elend vorbei war. Sinje straffte sich. Sie war Marcus' einzige Chance.

Sie musste mit der »Tru Deern« wenden und es noch einmal versuchen. Es dauerte bei diesem Sturm seine Zeit. Das Fanggeschirr ächzte an den Grenzen seiner Belastbarkeit. Der Kutter war Kräften ausgesetzt wie nicht oft zuvor, bei Sturm blieb sie normalerweise im Hafen. Endlich hatte sie gewendet. Im ersten Augenblick sah sie das Boot nicht. Schließlich entdeckte sie es ein Stückchen weiter weg vor Amrum. Marcus schaute ihr entgegen. Er hockte im Boot.

Diesmal fuhr sie mit der Steuerbordseite an ihm vorüber, wieder so dicht, wie sie es wagen konnte. Marcus hatte sich noch weiter aufgerichtet, er hatte offenbar verstanden. Sie war aber nicht nah genug, als dass er das Netz mit der ausgestreckten Hand erreichte. Verdammt! Sie konnte nicht mehr viele Kreise fahren, bevor sie zurück nach Wyk musste, neuen Diesel bunkern. Marcus reckte sich noch ein Stück.

Die nächste Welle katapultierte ihn gegen das Netz. Er griff zu und hing wie ein Fisch in den Schlaufen. Sinje war so erleichtert, dass sie einen Augenblick nichts tun und nichts denken konnte.

Dann lief sie aufs Deck, zog die Fanggeschirre wieder hoch und holte sie ein. Marcus klammerte sich ans Netz. Sie schwenkte ihn an Bord.

Er hockte auf den Planken, schüttelte den Kopf, strich sich die nassen Haare aus der Stirn. Sinje rannte mit einer Schwimmweste zu ihm, kniete sich vor ihn, wollte ihn umarmen, ihm die Weste anziehen.

»Marcus, wat för'n Glück.«

Er wich zurück, nahm zwar die Weste und zog sie sich an, aber umarmen ließ er sich von ihr nicht. Mühsam stand er auf, er musste sich am Fanggeschirr abstützen.

»Du hast mich gerettet, dafür bin ich dir dankbar, aber jetzt bring mich an Land.«

»Marcus!« Das konnte doch nicht wahr sein.

»Kümmere dich um dein Schiff, sonst treiben wir ab.«

Herrje, die »Tru Deern«. Sie brachte den Kutter wieder unter Kontrolle, steuerte einen großen Kreis, bis der Bug Richtung Wyk zeigte. Marcus kam ins Ruderhaus. Wortlos zog er sich die Rettungsweste aus und schleuderte sie in eine Ecke.

»Da sind eine Decke und ein Handtuch«, sagte Sinje matt. Seine Reaktion setzte ihr zu. Sie wusste nicht, was sie erwartet hatte, aber das nicht.

Er schlang sich die Wolldecke um die Schultern und griff nach dem Handtuch. Sie wollte ihm helfen.

»Kümmere dich um dein Schiff.«

»Marcus, was soll das? Ich habe Kopf und Kragen riskiert.«

»Ich habe dich nicht darum gebeten.« Seine Stimme klang dumpf, weil sein Kopf unter dem Handtuch steckte, während er sich die Haare rubbelte.

Jan hatte im Ruderhaus immer eine Flasche versteckt. »För Nautfälle«, nannte er das augenzwinkernd. Jetzt war ein solcher Fall, entschied Sinje und nahm sie aus ihrem Fach und schraubte den Verschluss auf. Die »Tru Deern« hatte sich inzwischen Wyk so weit genähert, dass die Hafeneinfahrt zu erkennen war. In wenigen Minuten hätten sie ruhiges Wasser erreicht.

Sie hielt Marcus den Rum hin, als sein Kopf unter dem Handtuch auftauchte.

»Das wird dich wärmen.«

Er setzte die Flasche an und schluckte den Rum, ohne das Gesicht zu verziehen.

»Nimm auch einen Schluck.« Er reichte ihr die Flasche zurück.

Sie schüttelte sich, als der Rum durch ihre Kehle rann. Sie erreichten die Hafeneinfahrt, und Sinje brauchte noch einmal all ihre Konzentration und ihr Geschick, um den Kutter hindurchzumanövrieren. Im Hafenbecken war das Wasser ruhiger, der Kutter schaukelte nicht länger. Sinje steuerte ihren Liegeplatz an.

Marcus legte das Handtuch weg und ließ die Decke fallen.

»Ich kann dir trockene Sachen geben. Den Overall, den du …« Sie biss sich auf die Lippen. Es war vielleicht nicht angebracht, Marcus an die Stunden zu erinnern, die sie zusammen auf dem Kutter verbracht hatten.

»Nicht nötig. Ich werde morgen mit der ersten Fähre Föhr verlassen. Wir müssen uns nicht wiedersehen.«

»Marcus, das habe ich doch alles … Ich verstehe dich nicht.«

»Glaubst du etwa, ich habe dich nicht am Strand zwischen den Männern gesehen? Wie du mit ihnen geschrien hast?« Er drängte mit wackeligen Schritten an ihr vorbei und aus dem Ruderhaus hinaus. Er musste zweimal ansetzen, ehe es ihm gelang, auf den Kai zu springen.

Sie folgte ihm, nachdem sie sich eine Öljacke angezogen hatte, und vertäute den Kutter. Obwohl die Jacke sie vor dem Wind schützte, war ihr kalt. Marcus war ein paar Schritte vorgegangen.

»Ich wollte dir sagen …«, begann sie, als sie ihn eingeholt hatte.

»Hör auf! Das will ich gar nicht hören. Mich interessiert nicht mehr, was du oder irgendein Inselbewohner zu sagen hat. Ich will nur weg von hier.«

Sie wollte etwas erwidern, aber in diesem Moment klingelte ihr Handy. In Wyk funktionierten die Mobiltelefone, an anderen Stellen der Insel war das nicht immer der Fall. Sie nahm das widerstandsfähige Gerät, dem die Nässe nichts ausgemacht hatte, aus ihrer Umhängetasche. Auf dem Display wurde keine Nummer angezeigt. Sie überlegte einen Moment, ob sie rangehen sollte. Entschied sich dann dafür – wahrscheinlich war es einfacher, dem lästigen Anrufer zu sagen, dass sie keine Zeit für ihn hatte, als seine wiederholten Anrufversuche zu ertragen.

»Mum«, drang eine Stimme an ihr Ohr.

»Inede, Süße, was ist mit dir?« Die Deern hörte sich seltsam an.

»Mama … es ist … ich …« Inede unterbrach sich, zog die Nase hoch.

»Ist etwas mit dem Haus? Ich bin gleich da.«

»Nein, nicht das Haus. Ich …«

Konnte sich die Deern nicht klar ausdrücken. Sinje musste sich anstrengen, um ihre Ungeduld zu unterdrücken. »Wo bist du?«

»Ich bin … O Mama …«

»Inede.«

Das Mädchen antwortete nicht. Es war gar nichts mehr zu hören durch das Telefon. Verdammtes Ding – immer im unpassendsten Moment versagte es den Dienst. Sie schüttelte das kleine Gerät und rief den Namen ihrer Tochter hinein.

»Sinje, bist du da? Hier ist Sören.«

Beinahe hätte sie das Handy fallengelassen. »Was willst du? Wo ist Inede?«

»Sie ist bei mir. Es geht ihr gut. Wir …«

Wieder nur Stille aus dem Handy. Diesmal war die Verbindung wirklich unterbrochen. Kein Netz.

Sinje sackte auf dem Kai in die Knie und tippte wild, aber vergeblich auf dem Handy herum. Sören hatte mit unterdrückter Nummer angerufen, es gab keine Möglichkeit, ihn zurückzurufen.

»Was ist los?« Marcus kniete sich neben sie. Die Wut war aus seinen Augen verschwunden. Er sah besorgt aus.

»Er hat Inede. Er hat mein Mädchen.«

»Wer?«

»Sören Dabinski.«

»Wer ist das?«

»Mein Banker. Ich habe Schwierigkeiten mit den Kreditraten, da hat er mir angeboten …« Sie erzählte stockend und zusammenhanglos, welchen Ausweg Sören ihr vorgeschlagen hatte und wie er sie seitdem belauerte.

»Er hat dich geküsst.«

»Das ist über zwanzig Jahre her. Wir waren noch Kinder, und ich wusste gleich hinterher, dass es ein Fehler gewesen war. Er ist ein mieses Schwein. Marcus …«

Er konnte doch nicht auf einen ewig alten Kuss eifersüchtig sein? Sie versuchte in seiner Miene zu lesen, aber er gab von seinen Gefühlen nichts preis.

»Und nun hat er Inede in seiner Gewalt. Wenn er ihr etwas antut.«

»Wir gehen zur Polizei.« Marcus zog sie vom Asphalt hoch.

Die Polizeistation befand sich nur ein paar Schritte vom Hafen entfernt in einem idyllischen Friesenhaus mit Reetdach. Der Beamte hinter dem Empfangstresen staunte nicht schlecht, als zwei tropfnasse Gestalten die Wache betraten. Sinje kannte ihn: Jürgen Detlefsen, nicht mehr weit von der Pensionierung entfernt, schob einen Schiffsbug vor sich her. Manchmal kaufte er Krabben bei ihr, immer ein Kilo. Er schien sie nicht zu erkennen.

»Er hat Inede«, rief Sinje aus und hatte Mühe, die Tränen zurückzuhalten.

»Schiet noch mal, Sinje. Du bist dat. Du siehst aus wie aus dem Wasser gezogen. Warst du bei diesem Wetter mit dem Kutter draußen? Ich habe hier keinen Notruf gehabt.«

»Darum geht es nicht. Er hat Inede.«

»Deine Deern? Wer?«

»Sören Dabinski.«

»Der Banker. Schiet noch mol. Was hat der mit deiner Tochter zu schaffen?«

»Er hat sie entführt.« Sie berichtete von dem Anruf und ihrer Vorgeschichte mit Sören Dabinski. Ihre Rede wurde von einem mehrmaligen »Schiet noch mal« unterbrochen. Am Ende fand sie, dass Jürgen Detlefsen hilflos aussah.

»Tun Sie was«, verlangte Marcus. »Suchen Sie das Mädchen. Er muss mit ihr noch auf der Insel sein. Bei diesem Sturm kann er sich nicht aufs Festland abgesetzt haben.«

»Schiet noch mol, suchen! Wie stellen Sie sich das vor? Föhr ist an die hundert Quadratkilometer groß, und ich habe nur fünf Kollegen. Was glauben Sie, wie lange wir brauchen, um die Insel zu durchkämmen. In der Zwischenzeit kann er über alle Berge sein. Schiet noch mol.« Jürgen Detlefsen raufte sich das schüttere Haar.

»Was machen Sie sonst im Fall einer Entführung?« Marcus ließ nicht locker, und Sinje war ihm dafür dankbar. Sie hatte längst nicht mehr die Kraft, sich herumzustreiten. In ihrem Kopf kreiste immer nur ein Gedanke: Was machte Inede durch? Ihr kleines Mädchen war doch erst fünfzehn und musste schreckliche Angst haben. In solchen Augenblicken sollte eine Mama bei ihrem Kind sein.

»Eine Entführung hatten wir … Schiet noch mal.« Jürgen Detlefsen fuhr sich so heftig durch die Haare, als wollte er sie sich ausreißen. »Sonst unterstützen uns Kollegen vom Festland, auch die Kriminalpolizei. Mit einem Boot sind sie ruck, zuck da. Natürlich nicht bei diesem Wetter.«

»Dann müssen wir uns ohne sie behelfen. Sie sind immerhin noch sechs, und er ist alleine.« Marcus sprach sehr bestimmt.

»Schiet noch mal, ich alarmiere die Kollegen. Sinje, das tut mir alles so leid.« Jürgen Detlefsen griff zum Telefonhörer. Beim ersten Anruf musste er es lange klingeln lassen. Gerade als er auflegen wollte, ging doch jemand ran. Er sagte zu seinem Kollegen nur, er müsse kommen, und legte wieder auf. Das Gespräch hatte keine zehn Sekunden gedauert.

Von seinen fünf Kollegen erreichte er vier. Zwanzig Minuten später standen sie in Zivil auf der Wache. Jürgen Detlefsen erklärte ihnen die Sachlage. Sinje kannte alle Polizisten auf der Insel, und sie sah jedem das Unbehagen an. Auf Föhr bestand ihre Aufgabe hauptsächlich darin, betrunkene Touristen zur Ruhe zu bringen und Raser aus dem Verkehr zu ziehen.

Schließlich wandte sich der braungebrannte Behördenleiter Heiner West an sie. Er wollte ihr mitfühlend eine Hand auf den Arm legen, überlegte es sich jedoch im letzten Augenblick anders. »Das muss schrecklich für dich sein, Sinje. Wir werden tun, was wir können, um deine Deern zu finden.«

Jürgen Detlefsen hatte etwas in den Computer eingegeben und sah hoch, in der Hand hielt er einen Zettel mit einer Notiz. Sören Dabinskis Adresse in Wyk, ein 3-er BMW war auf ihn zugelassen, und er war nicht vorbestraft. Zwei Polizisten machten sich auf den Weg.

Es dauerte nicht lange, da meldeten sie über Funk, dass sich Sören Dabinski nicht in seiner Wohnung aufhielt und auch niemand von den Nachbarn wusste, wo er sich befand. Sie hatten ihn als jemand beschrieben, der für seine Arbeit lebte und sonst für sich blieb. Vom Auto fehlte jede Spur.

»Wie gut kennst du ihn?«, wandte sich Heiner West wieder an Sinje.

»Eigentlich gar nicht.«

Ihr Handy meldete sich, zeigte an, dass eine Kurznachricht eingegangen war. Alle starrten wie elektrisiert das kleine Gerät in ihrer Hand an.

Die SMS stammte nicht von Sören Dabinski, sondern von ihrer Schwester, die wissen wollte, ob alles in Ordnung sei. Sinje steckte das Handy wieder ein, obwohl sie es am liebsten in die Ecke gefeuert hätte, aber das Ding war ihre einzige Verbindung zu Inede.

Heiner West sah sie mit gerunzelter Stirn an. Obwohl er mit seinem durchtrainierten Körper und den blonden Haaren eher wie ein Beachboy aussah als wie ein Polizist, lebte er seit etwa fünfzehn Jahren, seit er von der Polizeischule zurückgekommen war, mit derselben Frau zusammen und hatte mit ihr drei Kinder. Wenn sie einer verstehen konnte, dann er. Er nahm Jürgen den Zettel aus der Hand, auf dem dieser die wenigen Fakten zu ihrem Täter notiert hatte.

»Der BMW muss unser Ansatzpunkt sein. Der kann sich nicht in Luft auflösen. Fahrt die Insel ab und sucht nach dem Wagen. Haben wir ihn erst gefunden, geht uns Sören Dabinski so sicher ins Netz, wie auf Ebbe Flut folgt.«

Die Männer nickten. Alle schienen froh zu sein, etwas zu tun zu bekommen.

Nach und nach fuhren drei Polizeiwagen davon. Marcus und Sinje standen vor dem Revier und sahen ihnen nach.

Marcus schüttelte den Kopf. »Was für Hanseln! Statt nach deiner Tochter zu fahnden, drehen sie jeden Stein nach einem Auto um. Verschwendeter Aktionismus! Wir nehmen die Sache in die Hand, sonst wird das nichts.«

»Was hast du vor?«

»Ich verlasse mich nicht auf die, sondern suche lieber selbst nach dem Mädchen. Denk scharf nach! Du kennst doch alles und jeden auf der Insel. Wo könnte Sören Dabinski mit deiner Tochter sein?«

Sinje schaute zweifelnd drein. Sie war kaum zu einem klaren Gedanken fähig, und dann verlangte er so etwas von ihr. Er konnte sich mit Inede überall verkrochen haben, und vielleicht tat er gerade ... Sie spürte, wie ihr übel wurde.

»Eltern, Geschwister, Freunde«, fügte Marcus ungeduldig hinzu.

»Seine Mutter ist in einem Heim auf dem Festland, glaube ich«, sagte Sinje nach einigem Überlegen. Hätte sie sich in der Schule nur mehr für das Flüchtlingskind interessiert. Zu seiner Mutter ins Heim würde er mit der Deern kaum gefahren sein. »Er hat eine Schwester. Die war mit Keike in einer Klasse und hat jemanden auf Föhr geheiratet.«

»Das ist genau die Richtige. Wo lebt sie?«

Wieder musste Sinje überlegen. »Auf einem Hof etwas außerhalb. Ich glaube bei Süderende.«

»Das finden wir. Wie heißt die Schwester?«

»Bettina.«

»Wie weiter?«

»Keine Ahnung. Keike wüsste es vielleicht. Wir müssen nach Süderende fahren, dann finde ich den Hof.«

Der Taxifahrer schaute sie skeptisch an. Dann brachte er sie aber doch nach Nieblum.

Sinje hing sofort ihr Handy ans Ladekabel, denn der Akku war fast leer. Sie wagte es nicht, unter die Dusche zu gehen, womöglich rief Sören gerade in diesen Minuten an. Sie trocknete sich nur ab und zog sich um. Marcus gab sie einen alten, warmen Schlabberpullover.

Sie rubbelte sich die Haare trocken, während Marcus eine Karte von Föhr auf dem Küchentisch ausbreitete. Süderende lag im Westen der Insel. Sinje schaute über seine Schulter. Auf der Karte fand sie den richtigen Hof nicht, sie war nicht genau genug, um einzelne Gehöfte zu unterscheiden.

Alles in allem hatten sie nicht länger als zwanzig Minuten gebraucht, bevor sie das Haus verließen. Als sie neben dem Volvo standen, umfasste Marcus ihr Gesicht mit beiden Händen und küsste sie auf den Mund. Bevor sie es richtig registrierte, war der Kuss vorbei.

Beim Anfahren gab Sinje zu viel Gas. Der Motor heulte auf, fast hätte sie ihn wieder abgewürgt.

In Süderende kreisten sie durch das Dorf und fuhren alle drei Straßen ab, die aus dem Ort hinausführten. Der Wind drückte gegen den Volvo, und Sinje umklammerte das Steuer, bis ihr die Hände wehtaten. Gerade wollte sie zum dritten Mal wenden und in den Ort zurückfahren, als sie hinter sturmgepeitschten Kastanien noch ein Hausdach entdeckte. Das musste es sein: Davon hatten Keike und Bendix erzählt, von einem Hof mit großen Kastanienbäumen davor. Dort lebte Sörens Schwester seit ihrer Heirat.

Sie riss das Steuer herum – Marcus wurde gegen die Beifahrertür geschleudert – und fuhr zwischen den beiden größten Kastanien hindurch auf den Hof. Ein dunkler 3-er BMW parkte vor dem Haus.

»Das ist sein Auto.« Der Volvo stand noch nicht richtig, als sie heraussprang. Der Wagen rollte noch ein Stück weiter, bis die Stoßstange des BMW ihn stoppte.

Mit der Klingel hielt Sinje sich nicht lange auf, sondern hämmerte mit der Faust gegen die Tür. »Sören Dabinski! Gib mir meine Tochter wieder!«

Eine junge Frau öffnete, eine schlankere, hübschere Ausgabe des Bankers.

»Wo ist Inede?«

»Sie ist …«

Sinje wollte keine Erklärungen hören. Sie stieß die Frau einfach beiseite und stürmte ins Haus. Marcus folgte ihr.

»Inede! Kind!«

Eine Tür am Ende des Flurs wurde geöffnet. Sie erkannte Sören Dabinski, der noch die Klinke in der Hand hielt und ihr entgegenschaute. Den Mund hatte er zu einem Grinsen verzogen – einem überheblichen Grinsen, wie das eines Mannes, der sich an seinem Ziel wähnte. Und er stand breitbeinig in der Tür.

»Lass mich zu Inede.« Ihn konnte sie nicht einfach beiseiteschieben wie seine Schwester.

Marcus war immer noch dicht hinter ihr. »Hast du nicht gehört?«

»Was soll die ganze Aufregung?« Sören breitete die freie Hand aus. »Ihr tut ja gerade so, als hätte ich Inede was getan. Ist doch nichts los, dem Mädchen geht es gut.«

»Mieser Scheißkerl!« Marcus' Rechte schoss vor und krachte auf Sörens Nase.

Der taumelte zurück, hob die Hände vors Gesicht. Gleich darauf quoll Blut zwischen seinen Fingern hervor. Es geschah ihm recht, wenn seine Nase gebrochen war. Sinje kümmerte sich nicht um ihn, sondern schob sich an ihm vorbei in die Küche.

Inede stand neben der Eckbank, die Augen groß und ängstlich aufgerissen in einem blassen Gesicht. Ihr T-Shirt sah auf einer Seite aus, als hätte sie sich im Schlamm gewälzt oder als wäre sie gestürzt, als sie jemandem entkommen wollte. Sinje eilte auf sie zu und schloss das Mädchen in ihre Arme. Sie hatte ihre Tochter wieder. Die Erleichterung ließ sie die Deern ganz festhalten.

»Mama.«

»Geht es dir gut?«

»Ich …«

»Hat er dir was getan?« Aus dem Augenwinkel sah Sinje, wie Marcus den Banker am Hemd packte und ihn unsanft auf einen Stuhl bugsierte. Bettina stand in der Tür, knetete ihre Finger und starrte auf die Szene vor ihr.

»Was soll er mir getan haben, Mama?« Inede regte sich in ihren Armen.

»Entführt und vielleicht Schlimmeres. Du musst doch eine Heidenangst haben.«

Inede befreite sich aus der Umarmung, schaute ihre Mutter zweifelnd an. »Er hat mich nicht entführt. Er hat mir geholfen.«

Jetzt war es an Sinje, verblüfft zu sein.

»Ich bin mit dem Fahrrad in einen Graben gestürzt. Ich … Mum … das Rad …« Inede stammelte wie am Telefon. Sie holte tief Luft und fuhr dann fort: »Es tut mir so leid, Mama. Das Rad ist kaputt, und mein Handy habe ich verloren. Ich wollte das nicht, wirklich nicht. Du hast mir die Sachen geschenkt, und ich weiß doch, wie schwer dir das gefallen ist, weil wir nicht so viel Geld haben. Das Fahrrad kann ich vielleicht reparieren, aber das Handy ist weg.«

»Ach, Inede, darum machst du dir Sorgen. Das ist völlig egal, du bekommst ein neues. Hauptsache, dir ist nichts passiert. Wieso warst du bei solchem Wetter unterwegs?«

Sinje erfuhr nun, wie ihre Tochter von einer Freundin angerufen worden war, weil in Nieblum die Menschen auf der Straße zusammenkamen. Sie habe nachschauen wollen und entdeckt, dass wütende Leute vor Tante Keikes Hof standen. Da sei sie unruhig geworden und habe wissen wollen, was Sache war, und sei den Männern auf ihrem Rad gefolgt. Auf einer schmalen Straße bei Witsum habe sie ein Auto von der Straße abgedrängt, und sie sei in den Graben gefahren. Irgendwann sei Herr Dabinski gekommen. Weil er doch der Banker ihrer Mutter sei, habe sie sich von ihm zu ihrer Schwester auf den Hof bringen lassen, um sich von dem Schreck zu erholen und nicht alleine zu Hause zu sein. Die Schwester habe ihr heißen Tee gemacht und Eier gebraten.

Sinje spähte zu Sören Dabinski, der die ganze Zeit stumm auf dem Küchenstuhl gesessen hatte. Er betastete seine Nase, die inzwischen nicht mehr blutete.

*Sie musste sich bei ihm entschuldigen*, dachte Sinje unbehaglich. Eigentlich wollte sie das nicht. Marcus schien Ähnliches durch den Kopf zu gehen, denn auch er sah mit nachdenklich gerunzelter Stirn auf den Banker.

Mitten in diese Überlegungen hinein platzte die Ankunft der Polizei. Auch sie hielten sich nicht mit der Klingel auf, sondern hämmerten gegen die Tür, und es hörte sich an, als benutzten sie dazu die Kolben ihrer Dienstwaffen. Sören Dabinski zuckte bei dem Geräusch zusammen und sah aus, als wünschte er alle in die Hölle.

Heiner West und ein Kollege polterten in die Küche, von Dienstwaffen in ihren Händen allerdings keine Spur. Heiner West stellte sich breitbeinig vor den Banker hin. Bevor er ihm Handschellen anlegen konnte, klärte Sinje die Sachlage schnell auf. Diesmal kam sie um eine Entschuldigung nicht herum und bezog auch Sören Dabinski ein.

»Aha.« Heiner West schaute von einem zum anderen. »Was ist mit seiner Nase?«

»Das war ich«, meldete sich Marcus zu Wort. »Im Eifer des Gefechts ist mir die Hand ausgerutscht. Dafür können Sie mich verhaften.«

»Erstatten Sie Anzeige, Herr Dabinski?«

»Nicht nötig, war alles nur ein dummes Missverständnis.« Sören sprach merkwürdig durch die Nase.

»Dann ist die Sache erledigt.« Heiner West und sein Kollege verabschiedeten sich.

Sinje hatte ihre Schwester angerufen, und die hatte es nicht zugelassen, dass Inede und sie die restliche Nacht allein zu Hause verbrachten. Deshalb lag die Deern auf einem ausgeklappten Sofa in Keikes Wohnzimmer und schlief zusammengerollt wie ein Baby. Sinje saß auf einem Sessel daneben und betrachtete ihre Tochter im Schein einer trüben Lampe. Sie war mehr als erleichtert, dass alles ein glimpfliches Ende genommen hatte. Sie war sogar froh, dass Sören Dabinski sich nicht als der Schurke herausgestellt hatte, für den sie ihn gehalten hatte.

Sie riss sich schließlich doch vom Anblick der schlafenden Inede los und schlich auf Zehenspitzen aus dem Zimmer. Genauso leise durchquerte sie die große Diele und ging in den anderen Teil des Hauses, wo die drei Fremdenzimmer und die beiden Ferienwohnungen lagen. Das größte Zimmer befand sich ganz am Ende des Gangs, und an dessen Tür klopfte sie. Sie hatte die Hand noch nicht wieder sinken lassen, da hatte Marcus die Tür schon aufgerissen, als hätte er dahinter gelauert. Er hatte geduscht und trug nur Boxershorts und ein T-Shirt. Er hatte sich wieder in den überheblichen Großstädter verwandelt, denn er schaute finster auf sie herunter.

»Was willst du? Inede ist in Sicherheit. Kann ich nicht einmal meine Ruhe haben.«

»Wir müssen reden.« Sinje hatte sich vorher Worte zurechtgelegt, aber sie waren alle wie weggeblasen.

»Du hast mir schon gedankt, das musst du nicht noch mal tun.«

»Das ist es gar nicht.« Sinje biss sich auf die Lippen. Dass es nicht leicht werden würde, hatte sie gewusst, aber so schwer …

»Dann komm rein.« Marcus gab die Tür frei. »Ich ziehe mir schnell was über.«

»Als ob ich dich nicht schon mit deutlich weniger am Leib gesehen hätte«, konnte Sinje sich nicht verkneifen, zu sagen. Ein Lächeln entschlüpfte ihr dabei.

Marcus erwiderte es unwillkürlich.

»Setz dich.« Er räumte eine Reisetasche beiseite und einen Stapel T-Shirts von einem Sessel.

Über der Lehne des anderen hing das Sakko, das er bei ihrem ersten gemeinsamen Abendessen getragen hatte. Ohne es wegzunehmen, setzte er sich hin. Er sah aus, als fühlte er sich genauso unbehaglich wie sie, aber es gab Dinge zwischen ihnen, die gesagt werden mussten.

Sinje leckte sich über die Lippen.

»Ich habe die Männer am Strand nicht angefeuert. Ich wollte sie aufhalten. Das alles war Wahnsinn, so weit hätte es nie kommen dürfen.«

Marcus sagte zunächst nichts. Das Schweigen dehnte sich zwischen ihnen aus.

»Wie weit hätte es gehen sollen?«, fragte er endlich.

Sinje senkte den Kopf. Sie wusste es nicht. »Gestern Abend war ich furchtbar wütend auf dich.«

»Was habe ich gemacht? Wir haben uns den ganzen Tag nicht gesehen, und zu unserer Verabredung bist du nicht aufgetaucht.«

»Ich war da.«

»Dann haben wir uns verpasst. Obwohl ...«, er runzelte die Stirn, »ich meine, dein Fahrrad stand bei der Scheune.«

»Dafür habe ich dich gesehen – und gehört. Du hast telefoniert.« Zu spät merkte sie, wie anklagend sie klingen musste. Darum sollte es nicht mehr gehen, um Vorwürfe. Deshalb wiederholte sie schnell: »Trotzdem ist das alles viel zu weit gegangen. Das war der Abschaum der Insel, die Männer sind richtig ausgeflippt.«

Wieder dehnte sich das Schweigen zwischen ihnen aus.

»›Urlaubsorten aufs Maul geschaut – was erwartet Sie wirklich in ...‹«, half Sinje ihm auf die Sprünge. »Für diese Reihe schreibst du deinen Reiseführer. Ich habe im Internet nachgeschaut, worum es dabei wirklich geht. Du hast alle hinters Licht geführt. Mich, meine Schwester. Wir waren freundlich zu dir, und du hast es ausgenutzt. Ich war wütend auf dich. Am liebsten hätte ich dich angeschrien, dir vor die Füße gespuckt, aber du warst nicht da. Und ich musste mit meiner Wut irgendwohin, deshalb habe ich es Keike und Bendix erzählt. Danach hat es sich verselbständigt.«

»Warum erzählst du mir das alles? In ein paar Stunden verlasse ich die Insel, und wir sehen uns nie wieder.«

»Weiß nicht.« Sie zuckte mit den Schultern. »Wahrscheinlich will ich wissen, war für ein Mensch das ist, der beinahe zwei Wochen lang seiner Umgebung ins Gesicht lügt. Der ... der mir vorgaukelt ...«

Marcus schaute sie an, und es gelang ihr nicht, in seinen Augen zu lesen. Standen da Verachtung, Überheblichkeit oder ehrliche Gefühle? Von allem etwas oder nichts davon?

»Du warst ehrlich zu mir. Das weiß ich zu schätzen.«

Aha, Überheblichkeit.

»Dennoch liegst du völlig falsch. Ich hatte einen Vertrag für einen Reiseführer über Föhr in der Reihe ›Urlaubsorten aufs Maul geschaut – was erwartet Sie wirklich in ...‹. Das stimmt, und deswegen bin ich auf die Insel gekommen. Ich habe meinem Agenten am Telefon gesagt, dass ich das Buch nicht mehr schreiben werde. Er wurde fuchsteufelswild. Den Vorschuss muss ich natürlich zurückzahlen, und für die Reise muss ich auch selbst aufkommen. Das alles wollte ich dir sagen, wenn du gekommen wärst. Ich konnte das Buch nicht mehr schreiben.«

Sinje machte große Augen. »Das habe ich nicht gehört. Ich bin gegangen, bevor du ... Als ich es nicht mehr aushalten konnte, wie du gesprochen hast.« In diesem Moment begriff sie: Wäre sie ein paar Minuten länger geblieben, wäre das alles nicht passiert. Sie hätte Marcus in die Arme fallen können, und sie würden sich nicht wie zwei Fremde gegenübersitzen. Ihre Liebe hätte kein abruptes Ende gefunden. Sie schlug die Hände vors Gesicht.

»Sinje.« Marcus kniete sich vor sie, umfasste ihre Knie. »Was hast du denn?«

»Alles ist so ... Marcus, ich habe doch geglaubt ... du bist ... Ich habe mich geirrt, so geirrt.«

»Ich doch auch.«

»Nicht so wie ich. Du hast wenigstens niemanden verraten. Ich bin schuld an dem ganzen Schlamassel.« Einem Mann wie Marcus begegnete man nicht oft. Wahrscheinlich hatte sie ihr ganzes Glück mit Männern bei Arfst aufgebraucht, und mehr stand ihr nicht zu. Den Rest ihres Lebens musste sie von dem zehren, was sie gehabt hatte.

»Sinje, nun hör doch mal auf zu weinen. Ich gebe ja zu, ich wollte schreiben, etwas Längeres, ein Buch, nicht immer nur Reportagen. Und da kam mir dieser Reiseführer gerade recht. Es hat mir nichts ausgemacht, dass er für diese Serie sein sollte. Als Vorbereitung hatte ich zwei oder drei davon gelesen und fand sie eigentlich ganz witzig, keinesfalls bösartig. All die skurrilen Sachen, die da drinstehen, machen doch neugierig, dachte ich und wollte auch so was schreiben. Dass es nun ausgerechnet Föhr sein sollte – na ja. Das Alte Land wäre mir lieber gewesen, das hat man als Hamburger schließlich vor der Tür. Die Vorurteile der Festländer über Inselbewohner kennst du sicher, das Gepäck wiegt schwer, und damit kam ich auch hier an. Dann ging nichts so, wie ich es geplant hatte.«

Sinje wagte kaum zu atmen, so gespannt hörte sie ihm zu.

Marcus räusperte sich. »Auf Föhr begegnete ich nur freundlichen Menschen, angefangen bei meiner Pensionswirtin und ihrem Mann. Wo ich auch hinkam, überall erhielt ich ein Lächeln. Wen ich auch fragte, der wusste, etwas Interessantes über die Insel zu erzählen. Und die Netteste von allen war meine Fremdenführerin, die mir Föhr mit ungewöhnlichen Methoden näherbrachte: Dazu gehörte eine Radtour rund um die Insel oder eine Fahrt auf einem Krabbenkutter. Ich durfte auch dabei helfen, ihn zu schrubben. Alles unvergessliche Erlebnisse, die ich um keinen Preis der Welt missen möchte. Es kam, wie es kommen musste, ich wollte bald jede freie Minute des Tages und der Nacht mit meiner Fremdenführerin verbringen. Meine Vorurteile hatte ich so leicht über Bord geworfen wie ein überflüssiges Gepäckstück, aber der Reiseführer, den ich schreiben sollte, der lag wie ein Mühlstein um meinen Hals. Ich schaffte es kaum, ein Wort in mein Notebook zu tippen. Ich konnte mich nicht dagegen wehren, dass meine Fremdenführerin immer mehr Raum in meinem Leben einnahm. Ich hatte mich verliebt und fühlte mich wie ein Teenager.«

»Marcus.«

Er schenkte ihr das verlegene Lächeln, das sie vom ersten Moment an an ihm so attraktiv gefunden hatte.

»Marcus, ich war so dumm.«

»Wenn du dumm warst, war ich nicht schlauer«, flüsterte er dicht neben ihrem Ohr. »Sonst hätte ich wissen müssen, dass du nicht zu der Meute am Strand gehört hast. Mein Herz hat es mir auch gesagt, aber mein Verstand wollte nur an das glauben, was er sich eingeredet hatte. Wenn ich dich nicht haben konnte, wollte ich dich mir ganz schnell wieder aus dem Herzen reißen.«

»Aber ich will dich haben«, murmelte Sinje mit geschlossenen Augen.

»Sag das noch mal.«

»Ich will dich haben.«

»Noch mal.«

Sie lachte und löste sich aus seinen Armen, ließ aber die Hände auf seinen Schultern liegen. »Ich will dich haben. Als ich erkannte, was die Männer mit dir vorhatten, bin ich beinahe gestorben vor Angst um dich. Da ist mir zum ersten Mal richtig klargeworden, wie sehr ich dich will.«

Es dauerte eine Weile, bis sie wieder in der Lage waren, etwas zu sagen. Sinje saß auch nicht mehr im Sessel, sondern sie lagen beide auf dem Bett und hatten sich ihrer Kleidung entledigt.

»Wir müssen dein Auto holen«, sagte Sinje und betrachtete ihren zierlichen Fuß. Ihre Zehen waren braungebrannt im Gegensatz zu seinen.

»Soll ich dir was verraten?« Er machte eine Pause, aber sie hütete sich, darauf zu reagieren. »Dazu ist später noch Zeit.«

»Willst du immer noch abreisen?«

»Ich will nicht, aber ich muss wohl, um mich in Hamburg um ein paar Dinge zu kümmern.«

»Um welche?«

»Meine Wohnung kündigen, den Haushalt auflösen, nach Föhr umziehen.«

»Moment mal.« Sinje richtete sich im Bett auf, zog sich dabei sittsam die Decke über den Busen.

»Na ja, ich dachte, wir sind so was wie verlobt, wo wir schon mehrfach miteinander geschlafen haben.« Marcus sah sie erstaunt an. »Du kannst auch gern zu mir nach Hamburg ziehen.«

»Du veräppelst mich.« Sie stieß ihn zärtlich an.

»Ein bisschen. Aber mal im Ernst, wenn wir eine Zukunft haben wollen, müssen wir die Dinge angehen. Du kannst als Krabbenfischerin kaum nach Hamburg kommen. Falls sich im Hafen Krabben fangen lassen, würde ich die Dinger auf keinen Fall essen. Also denke ich, dass ich zu dir nach Föhr ziehe. Ich werde mit meinem Chef bei der Zeitung reden, dass ich irgendwie von hier aus arbeiten kann und manchmal ein wenig herumreise. Das journalistische Tagesgeschäft will ich sowieso nicht mehr machen, aber was für den Kulturteil schreiben oder eine Kolumne. Hin und wieder werde ich allerdings verreisen müssen. Wäre das okay für dich?«

»Dass du manchmal verreisen musst oder dass du nach Föhr kommst?«

»Beides.«

Am liebsten hätte sie ja gerufen, aber sie legte einen Finger an die Unterlippe und tat so, als müsse sie angestrengt nachdenken. »Und du versprichst, kein arroganter Großstädter mehr zu sein.«

»Heiliges Journalistenehrenwort.«

»Du wirst nie wieder gemeine Bemerkungen über Frauen am Steuer machen.«

»Nie wieder.«

»Du wirst mich lieben und mein Leben mit mir teilen.«

»Auf jeden Fall.«

»Dann sage ich ja. Komm nach Föhr, komm schnell nach Föhr.«

Sinje hatte das Gefühl, gleich zu platzen vor Glück.

# Kapitel 8

## Hamburg, 1 1/2 Jahre später

Marcus schaute auf und schob die Lesebrille zurecht. »Vielen Dank für ihre Aufmerksamkeit, meine Damen und Herren. Ich hoffe, die Lesung hat Ihnen gefallen und Sie ein bisschen neugierig auf das Buch gemacht.« Er blickte die Zuschauerreihen entlang. Zuletzt blieb sein Blick auf Sinje haften, die in einem Kleid aus zartgrüner Rohseide ganz außen saß. Neben ihr lümmelte Inede, die Hände in den Taschen ihrer Jeans vergraben. Er lächelte die beiden an, und für Sinje spitzte er kaum erkennbar die Lippen zum Kuss. »Fragen dürfen gerne gestellt werden.«

Sinje fühlte, wie sie rot wurde. Hoffentlich hatte niemand den hingehauchten Kuss bemerkt. Obwohl Marcus seit eineinhalb Jahren in ihrem Kapitänshaus auf Föhr lebte, sein schickes Leben in Hamburg aufgegeben hatte und deutlich weniger Geld verdiente als zuvor, konnte sie manchmal immer noch nicht glauben, dass dieser Mann zu ihr gehören wollte.

»Mum, nicht rot werden«, flüsterte Inede ihr zu. »Soll ich eine Frage stellen?«

Da sich in solchen Situationen häufig niemand traute, sich mit einer Frage aus der Deckung zu wagen, hatte Inede, Perfektionistin, die sie nun einmal war, zwei oder drei vorbereitet. Es meldete sich jedoch eine Frau, die Sinje bereits aufgefallen war, weil sie während der gesamten Lesung an Marcus' Lippen gehangen hatte. Sie würde mit Sicherheit den Roman kaufen und sich eine Widmung hineinschreiben lassen.

»Woher haben Sie die Idee zu ›Der Umwelt zuliebe‹ genommen, Herr Bamberg?«

Marcus spulte die vorbereitete Antwort ab. Dass die Idee darauf beruhte, dass ihn die Föhrer Männer in einer stürmischen Nacht von der Insel ins Meer treiben wollten, verschwieg er mit Rücksicht auf alle Beteiligten lieber. Niemand und am allerwenigsten Sinje hätte gedacht, dass sich daraus die Idee zu einem Umweltthriller zwischen Föhr und Hamburg entwickelte. Dass die rasante Geschichte um einen Krabbenfischer, der Zeuge wurde, wie ein Frachter Chemikalien in der Nordsee entsorgte, und daraufhin ins Visier der Umweltmafia und der Behörden gleichermaßen geriet, am Ende seine große Liebe fand und die Bösen ans Messer lieferte, dann auch einen Verlag fand und ein gutes Jahr später als gedrucktes Buch zu kaufen war, erstaunte sie noch mehr.

»Soll ich jetzt meine Frage stellen?« Inede stieß sie mit dem Ellenbogen an.

»Warte doch.«

Es hatte sich ein Herr gemeldet. Auf Marcus' aufforderndes Nicken hin wollte er wissen: »Was oder wer hat Ihnen beim Schreiben besonders geholfen, Herr Bamberg?«

»Da sind etliche Personen zu nennen.« Marcus lehnte sich auf seinem Stuhl zurück. Er sah aus, als hätte er auf diese Frage gewartet. »Ein Roman ist nie nur das Werk eines Einzelnen, obwohl meist nur ein Name auf dem Buch steht. Mir haben mein Agent und mein Lektor geholfen. Ohne die beiden wäre das Thema heiße Luft geblieben. Dann gibt es verschiedene Personen bei der Polizei, bei Umweltbehörden und Naturschutzverbänden, die meine Fragen geduldig beantwortet und dafür gesorgt haben, dass mein Roman nicht in einem Wolkenkuckucksheim, sondern in der Realität spielt. Das sind die Experten, auf die jeder Autor beim Schreiben angewiesen ist.«

»Gibt es eine ganz besondere Person?«, hakte der Mann nach. »Eine Muse?«

Die Wortwahl verursachte etliche Lacher im Publikum. Sinje hätte die »Tru Deern« darauf verwettet, dass zwei Drittel der Zuhörerinnen sich in diese Musenrolle wünschten.

Marcus lachte ebenfalls auf und warf einen schnellen Blick in ihre Richtung. »Es gibt eine Muse. Natürlich gibt es die eine Person, ohne die das Schreiben des Romans keinen Sinn gehabt hätte, ohne die das Leben keinen Sinn hat. Das ist meine liebe Lebensgefährtin Sinje Laugesen.« Er streckte eine Hand nach ihr aus.

Sinje duckte sich auf ihrem Stuhl, aber das half nichts: Alle Gesichter im Publikum hatten sich ihr zugewandt. Es war nicht abgesprochen gewesen, dass Marcus ihre Beziehung derart öffentlich machte.

»Nun geh schon, Mum.« Inede gab ihr einen Stoß.

Wie ferngesteuert erhob sich Sinje und ging nach vorne zu Marcus. Er strahlte sie stolz an, stand auf, stellte sich neben sie und legte einen Arm um sie.

»Ohne diese Frau hätte ich nicht eine Zeile des Romans schreiben können. Sie war meine erste Leserin und hat mich bei einem Durchhänger ermuntert. Sie hat mir leckere Mahlzeiten gekocht, hat mich daran erinnert, dass es auch noch ein Leben jenseits meines Schreibtisches gibt. Niemand hat mir die Insel Föhr und die Nordsee so nahegebracht wie sie. Sie ist ein ganz besonderer Mensch.« Er drehte Sinje zu sich herum, schaute ihr tief in die Augen, und in diesem Augenblick vergaß sie die Zuhörer.

»Sinje Laugesen, ich kann dir gar nicht oft genug sagen, was für eine tolle und begehrenswerte Frau ich an meiner Seite habe. Ich wusste beinahe vom ersten Tag an, dass ich den Rest meines Lebens mit dir zusammen sein möchte. Willst du meine Frau werden?«

In ihrem Kopf schossen die Gedanken durcheinander. Aber eines wusste sie mit absoluter Sicherheit … Da sie ihrer Stimme nicht traute, nickte sie nur.

Marcus umarmte sie, und die Zuschauer applaudierten.